鸣川文集

流年情深

浅黛 著

北京出版集团
北京出版社

图书在版编目（CIP）数据

流年情深 / 浅黛著. — 北京：北京出版社，2021.12
（妫川文集）
ISBN 978-7-200-16733-7

Ⅰ. ①流… Ⅱ. ①浅… Ⅲ. ①散文集—中国—当代 Ⅳ. ①I267

中国版本图书馆CIP数据核字（2021）第244340号

妫川文集

流年情深

LIUNIAN QINGSHEN

浅黛 著

*

北 京 出 版 集 团
　　　　　　　　　　出版
北 京 出 版 社

（北京北三环中路6号）
邮政编码：100120

网　　址：www.bph.com.cn
北 京 出 版 集 团 总 发 行
新 华 书 店 经 销
北京朝阳印刷厂有限公司印刷

*

787毫米×1092毫米　　16开本　　14.5印张　　197千字
2021年12月第1版　　2023年7月第2次印刷
ISBN 978-7-200-16733-7
定价：58.00元
如有印装质量问题，由本社负责调换
质量监督电话：010-58572393

"妫川文集"编委会

顾　　问：胡昭广　许红海　邱华栋　杨庆祥　杨晓升
　　　　　乔　叶　马役军　刘明耀　胡耀刚
总 策 划：赵安良
主　　任：乔　雨
副 主 任：高立志　高文洲　赵　超　周　诠
主　　编：乔　雨
副 主 编：周　诠
编　　辑：谢久忠　林　遥　周宝平　许青山　张　颖

序

飞雪迎春到

2022年，四年一度的冬奥会即将在北京举行，届时大会将上演一场拥抱冰雪的激情盛宴，而最令人感奋的高山滑雪等精彩项目是在延庆境内北京第二高峰海陀山上举行。为迎接冬奥会来临，中国国际文化交流基金会妫川文学发展基金管委会、延庆区作协联手北京出版集团编辑出版了这套大型丛书"妫川文集"，以之作为盛会文化礼品，这是一个非常值得称赞的文化创意。

延庆，古称妫川。28年前，我任北京市副市长的时候主管科技、教育，多次到过延庆，结识了一些文化、科技、教育工作者。特别是1997年兼任北京控股集团有限公司董事局主席时，吸纳八达岭旅游公司加盟北控在香港成功上市，进而收购龙庆峡、开发玉渡山风景区之后，跟延庆的联系就更紧密了。延庆是个被历史文化深深浸润着的地方，缓缓流动着的古老妫水，炎黄阪泉之战的古战场，春秋时期山戎族遗迹，古崖居遗址，饮誉海内外的八达岭长城，厚重的历史人文和钟灵毓秀的山川，滋润着这片土地，也滋润着这里文化的传承和发展。

一转眼快30年了，无论我在北京工作，还是后来到香港工作，我对延庆的文化、科技、教育发展始终投以关注，也相知、相识了一批默默推动文学艺术发展的有志之士。延庆乡土作家孟广臣同志是个代表人物，20世纪50年代曾出席过全国文联代表大会，受到过毛泽东主席和周恩来总理的接见，出版过许多颇有影响的文学作品，他影响和培养了一大批文学爱好者，对当地的文化发展做出了卓越贡献。

而更重要的是，坚持推动地区社会主义文化艺术繁荣发展，一直为延庆区委、区政府所高度重视。据了解，延庆区作协成立较晚，但是最近5年，在党和政府的大力支持下，他们做了许多事情，在对重点作家进行培养、助力文学新人成长方面，打造了一种积极热情的社会氛围。特别是在挖掘弘扬延庆红色文化方面，做出了不俗的成绩。在这里，还要特别提到一位也曾在延庆工作过的乔雨同志，他当时是我们北京控股集团有限公司董事局最年轻的执行董事、八达岭旅游公司董事长，也是中国作家协会会员。乔雨在诗歌、散文、纪实摄影创作方面成绩斐然，先后在伦敦、巴黎举办了"行走中国"个人摄影展。更重要的是，他对延庆当地文学艺术创作的发展，发挥了承前启后的推动作用。

进入21世纪以来，当代文学创作多少受到了经济发展的冲击，延庆也一样。这个时候，在相隔10年的时间里，乔雨先后主编出版了《妫川文学作品精选集》《妫川文学作品精选集（2001—2011》。前一套汇集了1950年至2000年80余位延庆籍作家的260余篇作品，后一套汇集了21世纪前10年的佳作，计有135位延庆作者的500篇作品选入。这两套书的出版，在当地产生了较大的影响，团结和发现了一批文学创作者，激励和调动了他们的创作热情，这些人中的佼佼者先后加入了北京作家协会和中国作家协会，成为当今妫川文学创作的中坚力量。

还有，在乔雨的积极奔走努力下，2018年夏天，中国国际文化交流基金会专门为延庆设立了"妫川文学发展基金"，资助延庆作家出版图书；设立妫川文学奖，每两年评选一次；激励、支持延庆作家和文学爱好者进行文学创作，冲击国内外大型文学奖，从而促进延庆作家创作出具有时代意义和世界眼光的精品力作。这对延庆的文学艺术发展，是一件功在当今、泽及后人的事情。据了解，这个基金成立后作用显著，已经有19位作家正式出版了个人文学专集或获奖。以上这些都为本次大型丛书"妫川文集"的诞生，奠定了坚实而重要的基础。

文学，作为文化重要的表现形式，在德化民风、善润民心方面发挥着不可替代的作用。延庆正是因为有了像孟广臣、乔雨、赵安良、周诠、谢久忠等一大批埋头苦干、默默耕耘者的无私奉献，才推动了妫川文学大发展、大繁荣。

本次编辑出版的"妫川文集"，是对延庆文学创作的一次大检阅和汇总，也是延庆经济和文化共同繁荣发展的一个标志，更是当代延庆文艺工作者留给历史的文学记忆。本文集精选了乔雨、石中元、陈超、华夏、远山、谢久忠、郭东亮、周诠、林遥、张和平、浅黛11位作家的文学作品，以个人单集的形式出版，汇成文集。石中元创作的报告文学《白河之光》，真实再现了"南有红旗渠，北有白河堡"的历史画卷，是记录妫川儿女在那个火红的社会主义建设年代中埋头苦干、默默奉献的群英谱；郭东亮主编的《妫川骄子》涉及古往今来41位延庆籍人物，从侧面反映了延庆的历史发展进程；周诠的《龙关战事》收录了近年来他创作并在《解放军文艺》等期刊发表的5部中篇小说，基本代表妫川小说的水平。"妫川文集"收录的作品包括诗歌、散文、小说、报告文学、摄影作品，大部分都是在全国文学期刊和报纸上发表过的，有不少曾结集出版，其中还包含了许多曾获得过全国奖项的作品。它不仅能够体现一个地区的文学水平，其中有的作品甚而达到了中国当代文坛的艺术水准。

伟大的时代需要创造伟大的业绩，伟大的业绩需要伟大的作品来讴歌和表达。新的历史时期，以习近平同志为核心的党中央高度重视社会主义文艺工作。习近平指出："文艺是时代前进的号角，最能代表一个时代的风貌，最能引领一个时代的风气，实现'两个一百年'奋斗目标，实现中华民族伟大复兴的中国梦，文艺的作用不可替代，文艺工作者大有可为。广大文艺工作者要从这样的高度认识文艺的地位和作用，认识自己所担负的历史使命和责任，坚持以人民为中心的创作导向，努力创作更多无愧于时代的优秀作品，弘扬中国精神、凝聚中国力量，鼓舞全国各族人民朝气蓬勃迈向未来。"引导广大文艺工作者，也包括入选本文集的延庆籍的作家们，应充分意识到重任在肩，时不我待，要结合实际，深入生活，扎根人民。为人民书写，为人民立传，为时代放歌，创作出更多无愧于时代的优秀作品，推动社会主义文学艺术繁荣，这不仅是我们的责任，更是我们的光荣使命。

古往今来，包含民族精粹的博大精深的文化和当代的文学艺术，都是推动社会发展进步的重要动力。我深信，这套大型文集的出版，无论是对宣传延庆、展示延庆、提升延庆的知名度和美誉度，还是对延庆文化的传承创新以及经济社会发展，都将产生积极而深远的影响，也为实现首都"四个功能"战略定位贡献一份力量。

是为序。

胡昭广

2021年金秋于北京

注：

胡昭广，北京市原副市长，中关村科技园区第一任主任，（香港）北京控股集团有限公司董事局主席，京泰集团董事长，中国国际文化交流中心顾问。

目录

第一辑 情思怀古

- 003　梨花作盏
- 005　从云烟深处走来的女子
- 007　叶落处，相思起
- 010　你是我不能言说的伤
- 012　此情不可道
- 014　人比黄花瘦
- 016　人生若只如初见
- 018　且听风吟
- 021　如果你愿意
- 023　淡定若水
- 024　倒影·流年
- 026　在文字中行走
- 029　更与何人说
- 031　一场相遇
- 035　昔之苦难　今之砺石

第二辑 故乡抒怀

- 041　听音阁
- 044　松山记
- 046　雨中古城
- 049　且行且珍惜
- 053　风情陌上花
- 056　小城冬雪
- 059　雨夜
- 061　八月碎片
- 065　清水绿萝
- 067　长城秋色
- 070　行走中的情怀
- 073　写在岁末
- 077　情致山水·画廊
- 081　夏都冬雪
- 083　山水情怀
- 086　再见，时光
- 090　岁月花开
- 093　流年情深
- 097　情致光阴
- 100　光阴故事
- 103　岁月里的草药香
- 106　清风徐来
- 109　陈年旧事之自行车
- 111　故乡茶菊
- 115　一半光阴　一半心情
- 121　微雨之中
- 124　写在秋日

第三辑 四季牧歌

131	冷秋之韵
133	冬之味
135	冬至随想
138	七月未央
142	端坐于秋
144	一指风影
147	时光走进冬天
150	夏日时光
154	又见春天
157	这雨，这思绪
160	初秋小记
163	秋风又起
165	秋事
169	初冬
173	春日闲话
176	岁月生香
179	写在夏末
182	深秋
185	冬事
189	妫川听雨
192	秋的味道
196	旧时光阴
200	又到岁末

第四辑 天涯孤旅

207　一个人的江南
209　小语丽江
211　印象桂林
214　草原印象

217　跋

第一辑

情思怀古

梨花作盏

碧色，连绵无际，来时陌上初熏。

五百年佛前的祈求，等得你来，定当素手相携，话尽隔世相思。

莺语匆匆时节，静便悄然临于深院。杨柳堆烟，而烟却织成伊人的愁。你的影子便从朦胧的那一端走来，依然淡笑青衫。此时，伊人喜欢缓步于小径，感觉着与你同行。蓦然，丝丝缕缕的轻柔因风而乱，你与伊人的思念一起，没入了远处的苍烟丛里。于是，竹帘散漫，垂垂欲下，不忍看归来的雕梁双燕，那种空羡只能徒增伤感罢了。

当黄昏在那枝花影中浓酽，伊人不觉独自凭栏。烟波里的小小乌篷载着一抹斜晖缓缓而来，总幻想着你的身影渐行渐近，却又是晚归渔父匆匆眼前。从此，夕阳着着伤心的颜色，在垂杨的岸边起起落落。

如今，径庭花落陌风香，你已归来。

来吧，携伊人素手，看风月无边。水边台榭的燕子，啄着一点香泥，翠尾分开红影，翻飞而去。伊人轻笑不语，与你莲舟相拥，踏水而去。寂寞在翠竹横桥处，重叠成一水柔情，那几乎是伊人一生的泪，透彻、晶莹。遥望四面，青山如洗，因为有你，迷离早已散尽。停棹而依，看画桥落絮，曾经寄慨叹随风，怨情归何地。因为有你，更喜雪沾琼缀，衬着皓腕冰肌。你却道：我只感觉那轻飞乱舞，是伊人曾经的心事，于天涯处，入画入诗，写尽了相思。相知何其幸，伊人无所求，哪怕等待生生世世！

缓步拾阶，水声潺潺于侧。风檐下，落红纷纷。触摸间，纤手香凝，寂寥寒凉无踪无影。你轻握伊人的手，在飞花里穿行，如梦如幻。仅此，伊人情如愿，心如愿。看到了吗？那清幽处的婉约竹帘，是伊人相思百年的别苑。伊人在这里，等你夜雨吹箫，诗情瘦笔；等你对坐品茗，淡濯尘缨。

如今，你已归来。静静地伫立，任花飞雪乱。方才点燃的灯影，朦胧着伊人甜蜜地来去。此时，你却泪落青衫：爱的红尘是曾经的孤单、无奈，鬓发青衰。疾步而去，携伊人素手，相拥入怀。

　　披一袭月色，藉草而坐。你道：春酒伤情，梨花作盏如何？

　　是的，春酒伤情，何不梨花作盏，饮尽清风中流淌的寂寞，从此为爱而歌！

从云烟深处走来的女子

那个疏雨寥落的午后,挽着乱红起落间的从容淡定,我从云烟深处悠悠而来。轻抬皓腕,衣袖飞舞之处,历史的风尘飘然四散。

于陶潜的南山之侧小筑居所,或松窗蓬户,或疏圃兰堂,以松花酿酒,用春水煎茶。饮罢,临宣泼墨。骤然间,点溪的荷叶似叠起的青钱,沉然而静默。更喜欢于如霜之夜,约知己两三,披一袭月色,携两袖清风,怡然地咏一阕田园的舒缓静谧,淡然地听一曲溪水的空灵婉约。亦可于青石案边,久久地端坐于五月,端坐于落花水香、茅舍弄晚的斜阳里,听新蝉鸣叫,看倦鸟归巢。长安的征尘,曼妙地幻化成拂袖而起的如雪杨花,随风而去,散落于那个望不见的天涯。

如若与花岛为邻,比水而居,晨间紫雾悠然地漫过亭台,坐看云起的背影,便会渐次地被临摹成一幅纤尘不染的清绝,丝竹入耳不乱,香尘起落不惊。当和风徐徐,衣袂翩翩,我便喜欢闲同鸥鹭,数尽千帆。并无断肠之缘,亦无不是的慨叹,只是喜欢万点落花之中,凭舟一叶,悠然地荡于澄澈,远离喧嚣的尘烟。无论晚晴风歇之时,抑或明月天衣之下,唯有与鸥相亲,静等那风引飞花,落入钓船,然后拈花,一笑。玉树凋零,凤冠失色,世界的样子便在这一笑之中了。

那个霜菊盛开的时节,携着帘卷西风里的幽怨哀婉,我从云烟深处纤纤而来。感月吟风,闲愁乍起之时,缱绻的情思如潮而至。

于易安的窗前篱外小筑居所,听雨骤风疏,看绿肥红瘦,以秋水作琴,用清风为箫。唱罢,西楼月满。恰此时,回旋的雁字似碧空的诗笺,缥缈而凄然。更喜欢,独对菱花,将眉间的相思捻成清脆的音符,然后从指尖儿滑落,任时光的玉漏将其摇曳成一曲余韵幽深的绝唱,流淌千年。

那个斜晖脉脉的岸边,徘徊着我瘦比黄花的影子,玲珑的钗头凤上,轻颤着我精致而幽雅的相思。腕上轻扣的银镯,隐约着你手指的温度,茶蘼花事，冬云成雪，而深眸里的情愫，依然和着如钩的弯月涨满，清浅落寞地挂在柳梢，若隐若现，袅袅随风，最终，晕染出那一缕剪不断的唯美。

曾想醉笑陪君三万场，不诉离觞；曾想宽袖飘飘，凝眸而望，一任山岳变幻成汪洋。或醺笑微微，任灯花落尽，最终等得你的出场。

然，无人坐庄的牌局，宛若三月的桃花，零零落落地散入东风，我唯有轻拢那一袖的暗香，蜷缩在韶华般绚丽的梦里。终是江湖过客身，往来何必记前尘，而我，却泫然地坐望于光阴的两岸，安静地守候着岁月的老去。

那个青春粲然的日子，寻着杯盏剑气中的侠义豪情，我从云烟深处荡荡而来。对千竿竹，饮数杯酒之后，不羁的灵魂一跃而起。

或仰天大笑，陶然忘机，或月下独酌，花间一醉，或笑对山花，杯杯相复。无留名之欲，无圣贤之求，功名世情必将逐浮云散去，又何必叹西风卷尽豪华，往事大江东去！不如笑谈汉鼎三分，戏说南阳耕雨。人生似飞鸿踏雪，世事如春梦无痕，又何必识破浮生虚妄，从人讥谤！不求玉盏金樽，不惧典衣沽酒；尽可满堂花醉三千客，亦可不放红尘俗子来；随我或捧得江山，或痛骂朽骨；由我或飞扬跋扈，或负尽狂名。任他风雪千山，长沟流月，我自得清远怡然。

一个空灵的女子，穿越唐风宋雨，从云烟深处款款而来。握一卷诗书，临风轻捻，那里面安然地书写着几笔情韵。

叶落处，相思起

　　守着窗儿，听寒蝉凄切，看帘卷清霜，便念及草熏风暖、细雨纤纤的日子。

　　极目平岸小桥，于千嶂叠抱里写意一帧素雅，萦花绕草的柔蓝清水，绿了蓑衣，隐约泛起的茸嫩鸭黄，暖了春江。乘扁舟随水，定是悠悠然，一桨青阳。堂下的泥燕穿帘而过，尾翼剪了日影，点点地、暖暖地挂于银钩。轻摇之下，碎影如金，片片地悬落，斑驳出一番迷醉。柳的眉眼含绿，腰身舞烟，碧影婆娑处，摇曳着一缕新愁。于是，和风抚过的轻转里，细巧的叶，极似灞桥畔女子那一弯微蹙的眉，浅黛之幽，韵在迤山远水、长亭短亭。曾经的折柳相赠，穿过六朝烟雨，如今已然成为一曲清清的柳笛，从牧童的牛背上滑落，便是地满芳草，天连杏花了。花心梦醒，草脚愁回，那个惊鸿照影的蒹葭岸边，我是否是你前世的佳人？等你携我素手，于田间小径，看云归岩谷山腰瘦，或于碧竹伞下，看梨花带雨粉含羞。可以无蛾儿雪柳黄金缕，可以是荷衣蕙带鬓簪花，有你，便够了。

　　莺老蝶忙，绿肥红瘦，无奈太匆匆。早荷心卷，高柳影舒，堂下的双燕喁喁而语，我便无端地不安起来。怜人怜己的错综情绪一直挨到了漏断钟沉。浓了岸柳的夜雨，泼开满眼空翠，滴断一地残花。飞红万点愁如海，春事了，夏倏忽，韶华匆匆去，似水空流，便更喜欢于月桥花院追忆了。那夜，棋盘清冷，灯花落尽。你的影子穿过满架蔷薇，风动帘起。然后相拥而坐，揽一怀月色，品一院幽香。曾经雨夜，听雨滴时叩窗楹，清清的静雅萦回不已。

　　天气初肃，落叶下群山，空水漫漫。醉袖抚危栏，天淡云闲。

　　夜来，风叶鸣廊，疏桐缺月。风如水，月如霜，黛眉更胜远天长。金风玉露一相逢，而你，此身何处？帘幕疏疏，凉风微透，朱栏倚遍黄昏后。怎奈君远千山，伊人孤单，薄影流寒。星河寥落，一雁横飞，溪风溪月，散散淡淡。无论如何不敢登楼，不敢对残阳、背西风，只怕酸风入眸由心碎，惹得星斗横幽夜无眠。灯花空老，无双来剪，西窗一片寂寥，不看也罢，情何以堪！自知愁肠百结，便疏离了酒盏。皓腕轻悬，七弦桐起，一曲流韵随了鸿雁而去。蓦然地，一声羌管幽幽旋起，可是你我的两心相和吗？我喜忧于夜，冗长的相思调子低低沉沉，夜阑犹剪灯花弄，独抱浓愁无好梦，由此便不敢睡去。却也偶梦斜月断桥下，一帆归来，你临风而立，目光穿过纷纷烟霭，寻我轻舞的衣袂，笑挽，归去。

如此，又何来缥缈孤鸿，寂寞沙洲？任它篱角黄昏，烟横水际，大可与你携手登高，看大江东流，夕阳垂地。曾经的败叶凌乱，扣弦独啸，都已经融入了钓丝的悠闲，上下新月，一色水天。最爱茅屋数间窗窈窕，尘不到，时时自有春风扫的居处。待得秋来，不负东篱菊蕊，把酒重阳，收尽秋光。兴亡只在谈笑中，又何必，凤冠玉带梦飞龙？钓叟耕佣一世乐，由任它，六朝古事流水空。只想与你漫嗟荣辱，醉玉露金风。便更喜流水桥傍，疏篱曲径小田家，烹雪煮茶，坐看流年度，淡笑两鬓霜华。

天寒山色有无中，三杯两盏淡酒，弹断清弦凭过雁，可曾听？帘帏飒飒秋声，相思不堪惊！

碧色萧疏，蛩声寂寞，山骨便渐次地瘦了，水痕也渐次地收了。枫叶凋零，空留下我的相思在枝头，瑟瑟地孤单着。野梅尚未盛放，江水却是寒意频添。那一场冬雨，于梅的腮边玲珑滴玉，松的发上错落连珠。无声间，似柳絮因风散，飞花婆娑舞，泛柳妆梅，竹满山明。凭栏一望，便是银世界、玉楼台了。

玉树扶疏的西园，清冬孤冷，影子长长地斜拉着。梅瓣儿，似胸口的朱砂痣，将思念衬于雪色，便是那种凛凛的高洁了。梦中与你，将纯白的诗意挂满山川，然后吹起那幽细凄清的笛，音韵随回风而舞，遥遥地，阳关月醒，无数的相思便可寄了。渴望与你，于晚来天欲雪之时，对红泥火炉,换盏推杯。然后,待飞花入户,坐看青竹变琼枝。江中独钓的孤舟依旧,却寻不见我的影子。鱼传尺素的神话,于你归来的刹那,顷刻飞花。有你在,便无暇。

一叶飘落,那铿然之声,于流逝的光阴里,惊醒了相思。

你是我不能言说的伤

桥影流鸿，清水飞音，一溪歌板唱醒了相思的旧梦。桥头白玉的栏杆，依稀存留着你的温度，手指轻叩，似与你相握。秋季，暖暖的。

小城不似江南水乡般柔美空灵，却也清丽雅致。苍山叠翠，流水沉碧。曾经的长巷短弄，黑瓦白墙，逐渐地隐没于青色的烟雨，抬眼回眸，倒转的光阴中，岁月的色调斑驳而迷离，而那段爱情却依旧温润。于是，素宣上的影子与对白，陈香漫溢。

我非那个清扬婉兮的女子，美目过处，霜落林泉，微步轻舒，烟波邈远。亦不是那个墨色线装书里的窈窕淑女，扰了河之洲少年的思绪。我只是小城青石小径上一袭落寞的影子，等待着前世的你如约而来。若听得你谙熟的脚步，回眸的瞬间，一笑倾城。

前尘那个薄凉的夜晚，星疏月朗，古树婆娑，胡须皓白的老人，将一缕红丝绣线抖落凡间，你我便是遥望的两端。

那年，你来，我微笑。

也是纤云弄巧、金风玉露时节。一相逢，便叠影朝暮，素手牵携。凯风南来，拾阶而坐，听小草破土、子规轻啼。或于垂虹的傍晚，看烟雨栖林、南湖雁落。

玲珑的唢呐声，惊落桃花，幽幽地穿越阡阡紫陌，娇羞地入了你的怀。从此，清宵良夜，红泥火炉，或对饮一壶清茗素酒，或同拟一阕雨恨烟愁。

居室淡雅别致，如你的心，于我，不染尘俗。偶尔的疏离，归来，洁净如洗。我微微地笑，晶莹纯粹。

以三亩薄地栽花，二亩种菜，虽家徒四壁，却室对芙蓉。曾经呓语般的日子似是落入了江湖，清茗的氤氲里寻不到你的容颜，冷雨的西窗下再触不到你温暖的肩。

等了花落花开，雁去雁来，却不见你的心跨越沧海。我端坐于紫烟帷幔后，清冷地守候。怎堪临池观鱼、披林听鸟的影子落落寞寞？便喜欢独坐台前，以宣纸为舟，瘦笔为桨，载着我的忧愁，依水而流。

我的心历尽沧桑，却如初般纤尘不染，想你揽我入怀，拂去我满身的风霜。清光冷月里，我一遍一遍地演绎着微笑，等你归来，灿烂地绽放。却最终凄凄淡淡，空对几曲蛩鸣。亦不知曾经落入你怀中的那瓣桃花可有暗香残留？我愿，随你去，轻舞轮回的春秋。

纤指凝愁，眉心含怨。辗转遥夜，不见你的影，唯有我的寂寞在文字间穿行。沉吟的夜冗长不已，多想似梦醒来，欣喜地望着你，静静地拭去我眼角的痕迹。

孤灯之下，你的眉眼如蝶，于我的指尖盘旋而舞，我的心柔软地痛着。空气里我那微弱的呼吸，不知能否等到来年的秋天？流年的风口，黯淡了容颜，沧桑了秀发，心依旧清丽如昔。

秋的冷雨，送走了一程光阴。风月已然憔悴，我于路过的季节里拾了些零散的片段取暖。明了，你的决绝或许带走我最后的风华，但我的誓言依旧寻着你若隐若现的掌纹，轮回成隔世你必经路上的一朵桃花。

握半盏清茶，指尖似捻了屋瓦窗台之上的苔痕，寒凉、黯然点点地渗入心扉。一切都将无声无息地远去，而那黑白的过往云烟里，可否回闪出我凝露的眼眸，望穿秋水，锁满清愁？

如若我离去，依旧想把你的怀作为归宿，风起之时，为你轻弹一曲长相守，让我看到，泪于我的坟前纷飞成雨。

七夕，浅月如玦，翠梭停织，云阶星路，渡两情之约。而我却泫然遥望，万劫之缘，你是我不能言说的伤。

此情不可道
——怀想李白

　　古道西风，胡笳秋月。遥远的碎叶，那座残缺的城堡，再也寻不见昨日的王侯。岁月的烟尘轻掩于历史黄卷，仅一页而已。唯有那孤峰横绝的天涯醉客，依旧穿越千年，于月白风清的夜晚临窗而立，青衫落拓，举杯而歌。

　　轻财好施，击剑为任侠，终不如谢安谈笑静胡沙来得磅礴大气。当激情越过纵横家的纵横之道，你便白衣负剑，扁舟远去。于是，江陵之上的万重山峦间，大丈夫必有四方之志的余韵，久而不息。

　　天台山的白云子身边，一只大鹏振翅而起，鼓舞间，五岳为之震荡，百川为之崩奔。然翼举长云的瑰丽与浪漫，无非一场气象雄浑、波澜壮阔的梦，瞬间乍醒。你那高贵的头颅，曾无数次地低埋于敢效微躯的无奈里。而十年的光阴，且不说扶摇直上九万里，确是阶前的盈尺之地也未曾赢得。想必酒肆坊间的那个醉酒狂客，该是何等的抑郁激荡、悲壮苍凉！

　　冠盖满京华，斯人独憔悴。你蓦然醒悟：大道青天，不过盛世幻影罢了。于是，你痛饮狂歌，拔剑四顾，心绪茫然。你的杯盏里没有憧憬，亦无缅怀。曾经的大济苍生之志，随了篇篇干谒之作，凋零于长安街头的冷雨中，恐唯有酩酊，可暂别当下的迷惘与失意吧。

　　或许隔世离空，便始终不解你执着的那份功成名就。你曾说，功成拂衣去，摇曳沧州傍；你曾说，昭王白骨萦蔓草，谁人更扫黄金台？如此，踏青山碧水，过竹林花间，然后相携卧白云的淡然之乐，为何无法冷却你奇功伟业的梦想，却偏偏要等得待吾尽节报明主呢？

　　那个黄鸡啄黍秋正肥的日子，你仰天大笑二入长安，幻想着从此告别蓬蒿市井，以安邦定国之器凌立于庙堂之上。而你的狂放疏懒、率性天真只为后世留下一段力士脱靴、贵妃捧砚的美丽传说，倒也慰藉了无数的崇拜者与追随者。你终不是庙堂器，成为待诏的翰林。

你一生谑浪笑傲，那种"气岸遥凌豪士前，风流肯落他人后"的气势，又何尝不会引得纵者之攻？你一生鄙薄厌弃，那种"黄金白璧买歌笑，一醉累月轻王侯"的斜睨，又何尝不会引得横者之抵？命运大多如此，始于斯而归于斯，如你，来去皆在纵横间。

百年三万六千日，一日须倾三百杯。还好，你顾不得倾听轮回在云端的叹息，因为你醉了。钟鼓馔玉不足贵，但愿长醉不复醒，你醉的是淡然；古来圣贤皆寂寞，唯有饮者留其名，你醉的是寥落；呼尔将出换美酒，与尔同销万古愁，你醉的是怅触；兴酣落笔摇五岳，诗成笑傲凌沧洲，你醉的是豪放；天子呼来不上船，自称臣是酒中仙，你醉的是嚣张。你于杯盏间，提起那支生花的妙笔，行云处，高高地，俯瞰苍生。

烹羊宰牛且为乐，会须一饮三百杯，你喜欢此等气魄；举杯邀明月，对影成三人，你亦钟情这番飘逸。得意时，莫使金樽空对月；失意时，万事纷纷一醉休。清樽里，缓缓而起的那座丰碑，巍然于唐风之中，斜睨历史浮沉。而那颗唤作长庚的星座，暖了寂寞旅人的惆怅、失意士子的灵魂。有人说你是酒客，又何妨？唯有你，以剑气和月光，舞出了一个浩浩盛唐。

汪伦去也，但桃花潭水依旧很深，因为你的情很深；少伯去也，但子规啼鸣依旧很浓，因为你的愁很浓。

花间一壶酒，独酌无相亲。你是在浔阳江头看长河霜冷，还是在牛渚矶上揽月高歌？

梦里与你藉草携壶，无关风月情殇，千杯之后，笑看山花烂漫。

人比黄花瘦

  微风细，疏雨潇潇。九曲荷岸，一首清幽的小令叩响千年的沉寂。那个呼作易安的女子，翠袖青衫，眉眼淡定，摇曳着瘦比黄花的身姿，缓缓徐来。

  轻拢岁月的帘帷，于藕花深处，于那个溪亭日暮的黄昏，一滩鸥鹭惊飞而起，遗落了一段沉醉不知归路的青春乐事。那该是一段富足而才情皆俱的少女时光吧？否则又怎生得"蹴罢秋千，起来慵整纤纤手"的气定神闲？

  绣面芙蓉含羞去，倚门回首嗅青梅。那样的一种风情韵致，于月移花影的夜晚，将一份亦浓亦浅的情思凝为一阕刻骨铭心、纠结不止的眷念。

  小院闲窗下，玉炉烟微时。赌书泼茶的笑语没过千年漏声的清响，演绎出一幕缱绻缠绵，如若循着易安的韵脚，当是可以闻到缕缕茶香的。

  你于绿肥红瘦里悲喜醒醉。风雨葬花，如葬芳春。岁月的风雨，吹落一地繁华。定睛时，原是这般的苍凉。幽然地听得那一声诘问，深婉、痛惜便会轻卷帘栊，那时，应是海棠花开。

  伊人如花，相思如酒。那般锦瑟的心事，倒映于杯盏，清清冷冷。萧条庭院，斜风细雨，玉阑慵倚的背影里雕刻着曾经的浪漫。风定落花深，谁与泣春魂，那一抹孤单的清丽，于烛影摇红的暗夜从瑶琴中流淌而出，婉转成三叠，透迤过遥远的阳关，倾诉一番风，一番雨，一番凉，一番相思，一番愁肠。

  人生最恨离别苦。征鸿过尽，无以聊寄的万千心事，也只是随了清露晨流，被新桐初引至下一段光阴；风鬓霜鬓，那声人在何处的叹息，于熔金的落日里将浓愁涂染上瑰丽；晓风疏雨，玉楼空寒萧萧地，那滴泫然而落的泪惊破梅心，却那堪天上人间的疏离。

  玲珑的文字，从你的指尖跌落，于素宣上氤氲出幽远的相思。倾听柔软的笔触，隐隐地，有清脆的疼痛在响。云中雁过，红藕香残的清秋，或是黄昏院落，蛩声冗长的傍晚，月色下的东篱边，那一盏情怀，已然错落为瘦比黄花的诗句。隔世，轻嗅，暗香袭来。

人生，似你的小令一般，瞬息两种风景，陡然两片河山。金人铁骑踏破玉楼春色，清平乐断。云淡风轻的日子打马而过，还有那个茶香里的白衣男子。

故乡何处是？忘了除非醉。飘零的孤影，海角天涯，萧萧两鬓生华发。小轩窗前，夜半听雨，点点滴滴，堪嗟堪泣。生当作人杰，死亦为鬼雄。如果你是男儿，想必会温一壶烽火，一饮而尽，然后立马横刀，没于狼烟尘迹。

年华黯淡，画鬓如霜。曾经的秋千，早已被岁月的疏雨潮湿，轻触时，一指寒凉。沧海桑田，都在物是人非事事休中一笔写尽。那只双溪里的蚱蜢小舟，又如何载得动你的万古清愁？你是否偶尔醉在梦里的溪亭，借日暮时那一抹夕阳的余晖，取暖？

坐于历史的灯影下读你，你便是那声最长的感叹。缠绵的平仄，幽婉的韵脚，却经不住频频回首时的仔细打量；而你曾经灿烂的过往，却成为后世感怀时，那道致命的伤。

于词韵的轮廓中寻你，却无论月移花影中的踱步，抑或微雨孤馆前的聆听，都无法托起你的一世风情。

这次第，怎一个愁字了得！

人生若只如初见

人生若只如初见，未经桃花翻转、雨飞雪乱，如卵的时光里旋即转身，一切静好。

西子湖畔，碧竹烟雨，那个款款前行的女子，黛眉微蹙。迎面而来的许仙，正当弱冠少年，白衣胜雪。初见，伞下凝眸，任三千繁花流转。

朱窗琐闼，明月回廊，竹马声细碎，青梅花淡香。唐婉轻灵静雅，陆游少年才情。初见，丽影成双，携手翩翩。

面若中秋之月，色如春晓之花的宝玉，一袭锦瑟，轻挑帘栊。黛玉眉蹙春山，眼颦秋水。初见，缘定前世，爱落今生。

古木奇石，孤桐掩映。书院内，一身男儿装的英台，悄然于梁山伯的身侧，昼同窗，夜同寝。初见，灯影憧憧，芳心暗动。

明知惹了尘埃，便再也看不到如初的惊艳，可我们却总是侥幸地挽着情缘，执意妄为，试图走远。而最终，无非一段追忆。当苍凉破败直抵内心，欲抽身，已枉然。

于是，塔里白蛇，塔外许仙。雷峰夕照，那个孤单僧人的影子被落日拉长，叠于塔基，一抹寒凉。

于是，"上马击狂胡，下马草军书"的豪情陆游，情迷故地，于沈园幽径上踽踽独行。只可惜，玉骨久沉泉下土，墨痕犹锁壁间尘。一代放翁，长歌当哭，不堪幽梦太匆匆。

于是，半卷湘帘半掩门，空留红颜一缕魂。黛玉去也，缱绻随风。那多情公子的脚步，凌乱落魄，于黄昏的灰暗里渐行渐远。曾经的帘栊，只有清冷的月色，跌落满地。

于是，十八里缠绵成旧事，一朝诀别，英台嫁作他人妇，梁山伯泣血而去。那双飞的蝶呢，拥着不可逆转的宿命，沉睡在爱情的梦里，不肯醒来。

茫茫尘世，聚散浮萍。空对杯盏到天明。悲欢离合总无意，霎时醒，莫重逢。

如若，人生只有初见，焦仲卿与刘兰芝，转身而去，你诵诗书，我弹箜篌。又如何会有枝枝覆盖，叶叶相通的梧桐间，双鸟齐飞，举头相鸣，夜夜达五更呢？

如若，人生只有初见，俞伯牙与钟子期，转身而去，你对清风明月，弹高山流水；我对飞鸟幽林，寻樵夫之乐。又如何会有知音一去，八音断裂的怅然与绝望呢？

如若，人生只有初见，刘玄德与诸葛亮，转身而去，你辗转江湖，酬一统江山之志；我布衣草履，南阳躬耕。得闲时半掩柴扉，醉且酩酊。可酒醒门外三竿日，可卧看溪南十亩荫。又如何会有事必躬亲、殚精竭虑、积劳成疾、壮志未酬却病故五丈原的人生结局呢？

如若，人生只有初见，司马相如与卓文君，转身而去，你怀抱那把绿绮琴，弹你的诗酒逍遥，风月无边。而我，可与友对弈，可填词素宣。又如何会有"七弦琴无心弹，八行书无可传。九连环从中折断，十里长亭望眼欲穿"的幽怨呢？

如若，人生只有初见，金岳霖与林徽因，转身而去，你依旧戴着那顶呢帽，执着那根手杖，在逻辑学里徜徉。而我依然写着我的诗，看水的映影，听风的轻歌。又如何会有万古人间四月天的一生相守呢？

如若，人生只有初见，纳兰容若与卢氏，转身而去，你可于世无所芬华，你可常有山泽鱼鸟之思。而我呢，才好吟诗咏赋，情至温良贤达。又如何会有相思相望不相亲，天为谁春的无奈与悲凉呢？

人生若只有初见，无临风洒泪，无对月长吁，一世的风轻云淡。

如此，多好。

且听风吟

当时光悄然地将沧桑刻于岁月的门楣,轻触那抹凝重,我们感动而忧伤。

青春背我堂堂去,白发欺人故故生。那一片似锦的年华,被无尘的冰弦弹成流韵,谱于白云苍狗的悠然里。曾经的旋律已然被久远的光阴遗忘,但我知道,那些歌谣永远地不着尘埃。当我们宁静于大喜,稳健于大悲,天籁之音便会如风一般飘然而至。那么,让我们且听风吟,去倾听那曲单纯的快乐,去感悟那份成熟的自省,去抚摸那段虔诚的记忆。

儿时的快乐,纯如三月水,净似中秋月。

阳春时节的草长莺飞,融着我们娇小的身影和嬉笑。乍暖还寒的天气里,我们相约背叛自己对母亲的承诺,褪去冬的包裹与厚重,着一身单薄与洒脱在春风里奔跑。衣袂飘然,和着燕子的翩飞,于街道、田野的静态里点笔春的生机。

诗家清景在新春,绿柳才黄半未匀。我们的快乐亦如此般隐隐地萌芽、生长。春天的土地松软得让人有些肆意,我们便一起挑战般地爬上大树,然后在大家的呼叫声里,一跃而下……那种豪气与凛然已不见多年,挥之不去的,便是因恐惧被搁浅于高树之上的心悸与同伴耐心的鼓励。而那份甜蜜,静默地融于经年后相遇的娇羞里。

牧雏不管蓑衣湿,一笛春风倒跨牛。童年的日子是惬意的,惬意地数着碧空中的浮云,惬意地相呼深林中的飞鸟。

山童抛石落溪水,唤作鱼儿波面跳。童年的日子是纯真的,纯真地试图舀起一瓢星月,纯真地试图兜起满襟山风。

日长睡起无情思,闲看儿童捉柳花。那蓬蓬的野草刈了又长,我们已不再是临窗而立时被观赏的风景。岁月的纱幕,将儿时的一切轻拢至记忆的幽谷，那样的一种情思，至真、至纯，会不经意地驱赶人生征尘里的落寞与伧俗。

如日中天的岁月，曾经粪土当年万户侯中那种不甘流俗的脾性，曾经到中流击水，浪遏飞舟中那种意气风发的豪情，早已在追逐三十功名尘与土的八千里路上消失殆尽。爱情里的琴棋书画，如今于柴米油盐中被日子煮成了各色的味道，或疲惫或淡漠，都已拾将不起。儿女的奖状前泛起的笑声，淡淡地流露了那份深情的希冀；夜晚的灯火，始终不息，家人的等待，温暖着幸福追逐里的那份执意；双亲的欣喜与关爱，和着歉疚，深深地埋于"低回愧人子，不敢叹风尘"的虚饰里；而面对那座孤坟，"子欲养而亲不待"的忏悔，融于松风，嵌入山野，只有峰峦能承受起此番厚重的情意。

不再慨叹冠盖满京华，斯人独憔悴；不再慨叹大道如青天，我独不得出。历经坎坷与颠簸，早已练就出柔韧与劲节的筋骨，世事洞明，人情练达。奔波磨砺了少年的红尘斜睨与青年的飞扬跋扈，取而代之的是那般处事不惊的沉稳、摇头一笑的觉悟、凝神遐思的优雅，或者干脆是四肢朝天的放达。

孤村到晓犹灯火，知有人家夜读书。中年的日子满怀希望，希望是那种悄然立于儿女身后，倾听琅琅书声的专注眼神。

逢人渐觉乡音异，却恨莺声似故山。中年的日子满怀孤单，孤单是那声幽然掠过漂泊客舟，怯闻西风断雁的悠长叹息。

岁月的狂风，卷尽人生的豪华与是非，无欲的心，如水般沉静。落花如雨的淡然、生死离别的旷达、盛衰成败的平和，微笑着倒映在乱山环处，怡然钓起的一潭澄碧里。脚下的三轮车，和着孙子的笑声，咿咿呀呀地快乐着；树下石桌上那张斑驳的棋盘，风雨中，依旧摆满了悠闲。夜月柳荫人未寝，村翁荒渺说隋唐。那样的一份随意和投机，又何必去追问历史的真迹？而庭院中的翠鸟婉转，闲阶上的碎影筛金，早已被浸泡至那杯清茶，然后惬意地入喉，浑然于那份清爽里。

不要慨叹吧,那些岁月的快乐与感伤,人生的色调正是因此而厚重宁和。

此时,当掩人生之卷,会心一笑。抑或负手斜阳,行吟处,将缕缕痕迹散入云烟。风中,唯有一道静谧、安然……

如果你愿意

六朝古画情几许，共眠一舸听秋雨。

如果你愿意，摇过半江秋水，乘一叶扁舟，从红尘的那端来吧。知道你倦了，等你很久。已为你寻得小桥流水居，看松风卷帘，任老却的芦花清雅诗卷。灯火纸窗的修竹里，那一壶酒、一砚墨是我的心迹。等你醉来诗兴狂，漫吟晚天疏雨，我会微笑相候，看你对酒当歌，醉尽红尘的迷离。凭新凉半枕，任北风吹度，和你做悲秋俦侣，婉约着西风碧树，与君持酒，清景共赋。

如果你愿意，每当杨柳堆烟，乱花飞絮，我将携你的手，看满庭萱草幽幽长长，帘外的暖烟淡却银钩上久置的愁伤。当然，我还将陪你水上踏青阳，抬眼处，烟林日涨，翡翠山光。低眉间，看水纹细起春池碧，醉闻杏花零落香。缓缓地，让棹歌轻吟，相拥着流过那熟睡的鸳鸯，任红尘千古伤心事，随着惊起的鸥鹭落入墨迹诗行。还有，还有不远处那远树斜阳，暮天微雨香。这就是你的家，画卷般的。你可知道，我用六朝寂寞换取的药为你疗伤？哪怕孤苦于罗幕轻寒，哪怕伤怀于坠叶香阶乱。无风月缱绻，对镜里青鸾，任红颜渐老，衣衫渐宽，终于为你觅得了这方碧水青天。

如果你愿意，我最终想做你的娇娘。陪你坐看云起，剪烛西窗。当晓风轻唤，春宵梦醒，等你走来笑相扶，听你道：画眉深浅入时无。于是，想你那温柔的手，移开轻罗小扇，尽赏一抹娇羞。闲来与你同握一卷，品《红楼》叹《西厢》，让古韵盈怀。这，是我为你点的一瓣心香，幽远而绵长。饮下你落入玉盏的忧伤，用我的温暖将其收藏。永夜，你再不会孤影伶仃，我将为你沏一杯香茗，坐拥品赏，月落中庭或听梧桐细雨，叶叶声声，空阶滴滴到天明。让我分出你半枕的新愁吧，我将轻舞翩翩，似蝶衣入梦，梁祝一曲夜阑珊；日日缠绵，暮暮婵娟，依依双影倚栏杆。

如果你愿意，当碧窗春晓，你可以躬耕田垄，于溪桥边，于花阶畔。着一身香软的东风，听娇语一林的黄莺。飞花弄晚的时候，我将等你归来，理秦筝，对云屏，轻拨朱弦，共弹月明；我将等你归来，手捧香炊，听你吟咏：远山青，柳色遥遮长短亭。

如果你愿意，当竹风轻动，月影玲珑，我将陪你独立小桥，看水面清圆，一一风荷举。好雨时节，与你绿樽细细湖亭，静听被滴碎的荷声千顷。归来，轻抖红袖，满室香凝。

如果你愿意，我将与君藉草携壶，看玉树扶疏。感西园清夜片尘之无，自当横笛梅边，听清韵幽幽。我将与你踏雪溪桥，清心玉骨，任由笑声摇落那一树琼花，雀鸟惊飞，点点无踪。归来且对清室，不燃红烛，轻卷罗纱，漫看水晶帘外涓涓月。

如果你愿意，与我走进这六朝的婉约，将心伤抚平，忧愁忘却。

六朝古画情几许，共眠一舸听秋雨。

如果你愿意，我将等你！

淡定若水

叶子将阳光筛成清新，点点地散落于地面。我喜欢行走其中，然后顾望擦肩而过的每张面孔。夜的忧伤和无奈，早已于第一缕阳光中悄然褪去，唯有释然悬于唇边的微笑里。

流于淡然的光阴，似入灵魂的桃花源，静谧而怡然。精神的酣畅与通透，岂是"国色天香"的赞美所能企及？只因前者至性，而后者至情。

崇尚荷衣蕙带，便是绝了纤尘。否则，又怎舍得金樽把酒临风月，玉钗袅袅动春烟？

灵魂的卓绝，自淡然居多。因淡然宽阔，因淡然致远，因淡然专一。宽阔利以心胸，致远利以性情，专一利以态度。人，若有如此之品性，恐怕不卓绝也难了。

无欲，便敢非将此骨媚公卿；贪婪，却必定摧眉折腰事权贵。仰俯间，灵魂的尊贵卑微一览无余。

慧其中，少有好把双眉斗画长，而玉其外，却大多青色入鬓侍流光。慧其中而秀其外者，内蕴悠远；玉于表而絮于心者，过眼奢华。

而我，无国色亦无天香，唯有宁静流于时光，揽淡然入杯，笑饮千觞。

倒影·流年

那日，与几位好友驱车于山路之上，感途中山光花色、碧水清流，顿觉美好和澄澈的意绪如眼前的风景般席卷而来，铺天盖地、猝不及防。曾经的污浊与颓败，似从未触及。

邻座好友突发其问："你说人生到底应该如何度过？"几句敷衍，便转头窗外。眼前依然是风景，而匆匆身后的那些是什么？是浮生？是轮转？抑或是思绪？

今夜，帘外细雨飘飞。静水流深，唯此般情境可得。

人生如海，众人皆为泅渡者，而彼岸之择，便常常取决于年华与处境。如少时无忧，听雨歌楼，红烛与罗帐旖旎出春风骀荡的欢乐情怀，纯真与无知安稳了所有的光阴。彼岸便是冗长日子的神秘与激情，偶尔还夹杂着几声无法消磨的叹息。壮年之时，为齐家育子，奔波劳碌，甚至可以餐霞饮露。而身处客舟的凄然，江阔云低、断雁西风的寥落，却决然地随了江水滚滚而去。只因家是彼岸，便将一切的挫折、僵局与失败打磨成柔和的烛光与妻儿的笑脸。晚年心性，纵横了时光与坎坷，怀如僧庐，清远淡泊，曾经的怅触，已再兴不起波澜。饱经忧患，利欲无求之处，灵魂便在俗世的繁杂中盛开出柔软与清净。因为此时，彼岸无花，唯有月白风清。然心之宁静足以见，无须再泅渡沧桑。

当然，年华与经历也偶有错落，无忧与安然的生命本色，被利欲绑架，殉葬给浩浩风烟、马蹄声碎。子建的七步之思，其沉重或许远远地超过了年龄的负荷，意之所在，无非是一段从容的生命；勾践的二十年文火慢熬，将一座石城轻捻成废墟，而青春亦在苦痛的时光里不疾不徐地缭绕远去。志之所坚，无非是一剂复国之药。

青葱少年似临河而立，生命的快乐通透得如明媚的日光、摆尾的闲鱼，纯粹而清浅。青年时代似豪情江岸，奔涌的意气，一跃而起，或击水中流，或拔剑风止。中年岁月，风雨的坎坷，生命越高峰之后的回转，使得灵魂内敛而沉静，其境界恰筑积流之所，纳汉吞江，胸怀如海，博大而广袤。老年光阴，风口浪尖的搏击，重山险水的跋涉，见之所见，闻之所闻，都已化为平和雅致，似山间溪涧，顺势而流，随遇而安，于梅影竹荫中沉淀人性的真实。

莎翁曾对生命有过这样的嘲讽：充满了声音和狂热，里面空无一物。倒也不然，如果真实，哪怕是空虚沸腾的声音，灵魂依然会聆听到感动。真诚而痴情的选择，之后留下或轻快或沉重的品味，即使最终无奈地放下抑或微笑着离开，我们会安然、欣慰于那份拥有——风雨、泪水、激越、豪歌。

于是，我微笑，面对着这个静谧且属于我的夜。

在文字中行走

苍茫尘世，浩浩风烟，我们终究是打马而过。那声繁华路上的叹息，那些远去的如花美眷，以及那段挂在弦月上的似水流年，总是惊起我尘心的尴尬。慢慢地，便喜欢手执一卷，于素雅里安静地读一抹清丽绝美或者品一段耀目风华。

窗外微雨蒙蒙，台案上的一盏清茶氤氲出一室素淡。握一卷，我走进江南。江南的小巷纤细雅致，有着小家碧玉般的静谧与安详。幽静的青石小径，内敛着一种古来的落寞。而那段白墙、黛瓦以及间或的几处青苔，却又透出让人感动的沧桑。而那扇雕花的窗内，是否有一女子临窗而立，望穿一帘雨、一江春和一树秋色，低头间轻轻地叹息？乌篷船头那个身着蓝色碎花布衣，头裹蓝色方巾的女子，轻轻地摇着桨橹，携着二十四桥的明月缓缓徐来。而小巷深处，隐约的影子，当是那袅袅娜娜撑着油纸花伞丁香般的女孩吧？

是那个斜阳正浓的午后吧，我走进大漠，看孤烟直上，落日正圆；看黄沙莽莽，无边无际。唯有起伏的驼铃，响彻云空。那座斑驳着岁月的楼兰古城内，似有琵琶弹奏着隐隐离痛。而那惊天的鼓角里，我看到几株千年不死、不倒、不朽的胡杨凛然于风涛之中，演绎着大汉驰骋戈壁的铮铮铁骨。掩卷良久，却依然能看到大漠里飞舞的战刀、雕弓和牙旗，当然还有那幽怨的羌笛，总是在月色清辉的夜晚响起，远处正是沙如雪。

于我，文字便是翅膀了。可以去黄叶满地、秋色连波的三秦，看倚在苍山之角的一缕斜阳。亦可以去三秋桂子、十里荷花的钱塘，看烟柳画桥和云树沙堤。或者在朦胧的月色里，听一曲采菱的歌。遇心绪纷杂，便更宜走进文字了。看青山重重，翠峰如黛；听西风渐紧，古木号风。于此感山的安详仁厚和岁月的流水更迭，心便安了、静了。当云淡风轻，暮鼓响起,纵然寂静与落寞,便也可以怡然地享受了。

时光深处,执卷轻捻,总有极美的相遇。

看那个唤作易安的女子,在秋千上轻盈地荡来荡去,任由微风拂面,罗衣轻扬。亦看她端坐在古镜台前,黯然地簪花自赏,蛾眉里却隐藏着欲说还休的心事。还看到她踱步至东篱的菊花丛畔,饮尽半盏清酒,携一袖暗香归去,身后拖着那瘦比黄花的影。

还有那个曳着一袭清影从月辉中走来的林和靖,孤高似野鹤闲云,不带一丝世事繁华。孤山之上,风帘之下,月色之中,以松蒲为椅,青石为案,抚一曲《平沙落雁》,起伏跌宕;度一曲《高山流水》,婉转宁和。任市井巷陌喧嚣,攘攘冠盖过眼,却只在淡月寒梅之间,一片冰心玉壶。

还有落日楼头,断鸿声里,栏杆拍遍的辛弃疾。远远地看他醉里挑灯,轻抚长剑;静静地听他铁马冰河梦境中的呓语。与他一起看大漠孤烟,听清角吹寒,然后在易水萧萧的西风里,品他未彻的悲歌。文字中,踏过李清照的莲舟,把过李太白的金樽,听过李商隐的锦瑟,却始终不敢触碰你的长剑。感觉着冰寒刺骨的剑气里,总有一种期待与愤怒,瞬间便会刺痛我的心。因为我知道,的卢飞快、霹雳弦惊终是你永不老去的梦。

有时我真的无法确定,亘古的是墨香还是真情?

东汉杳渺的烟水里,依稀可见刘兰芝与焦仲卿的身影,又依稀听得孔雀远去的哀鸣。而江南的那座沈园,当是金戈铁马的陆游一生最柔软的伤口吧?那段《钗头凤》上轻颤的相思与无奈,似一把温柔的刀,抵在你我的胸口,凉凉的,惊醒了那场挥霍真心的梦。透过文字,我清晰地触摸到影壁上的词阕,尽管墨痕被岁月深锁,却依旧感觉到那般幽邃却万分凄艳的深情。我多么希望沈园从未有过那首惊艳世人的《钗头凤》,只有一双老人,鬓发如霜,却携手站在桥头,看春波初绿,看惊鸿照影。

喧嚣的红尘,心魂便常会有些浮躁。当那些影影绰绰的纷杂之念涌来,只要轻启书页,慢慢地品读,心便会安之若素了。

文字中,我可以是悠然的陶潜,面山结庐,抱膝吟歌,采菊东篱,笑傲风月，享一份安贫乐道的自然。亦可以是那个貂裘换酒也堪豪的鉴湖女侠，誓将满腔热血化作碧涛，为家国舍身赴死，不怨不弃，也或许仅仅是个清颜如水的女子，携一分闲愁和三分落寞，安静地来去。

文字是一朵清幽的莲花，经年打坐其中，灵魂便也会清雅无比了。行走在文字里，不会恐惧尔虞我诈，不会叹息时光流转，任利欲功名来来往往，任秋去春来花落花开，岁月宁静，灵魂淡然。

文字是一汪澄澈的湖水，于湖畔端坐，久而心性便会被清明所鉴，哪怕一点瑕疵、一点污垢，都无所遁逃。于是，掬一捧如镜的清水，荡涤内心，任青丝化作白雪，从容坦荡地老去。

文字是一座耸峙的危峰，徐行间，看众鸟高飞、孤云独去。渐临绝顶，日出的壮美，云海的苍茫，便会悟得孔子登东山而小鲁，登泰山而小天下的博大胸怀和凌云豪情。

杨柳岸边，晓风残月之下，宜读柳永；春水楼台，林花凋谢之处，可读李后主；轻寒漠漠，淡烟疏雨之时更适合读秦少游……

一段文字，一种情怀。

喜欢在文字中行走，那是一段静好的岁月。

更与何人说
——感怀柳永

江边日晚,烟波满目。

乌篷缓缓而来,一曲浅吟低唱,似萧萧清籁,没入历史的风声。

对月临风,你的一袭白衣,轻舞而起,翻卷成雨恨云愁。凝眸平生心事,一场消黯。而你的微笑,依然流深水静,清坚决绝。

盈盈的九曲溪似你百转的愁肠,而你,宿命般的安然,静坐于红尘起伏的掌纹里。

烟柳画巷,秦楼楚坊,一阕新词,低婉地吟哦着那抹乡关烟水隔的悲凉;依红偎翠,笙歌艳舞,半晌疏狂,落拓地虚掩着那怀高过幔亭峰的理想。疏篁一径,流萤几点,清寂的月色,将你踟蹰的身影,拓印成一幕落寞的繁华。

闲拈针线,拥玉怀香;浅斟低唱,酒醉诗狂。世人的眼眸只看到你浮生的闲散,却从不曾洞悉你韵脚处那翩若惊鸿的忧伤,风月凄冷,暮霭寒凉。

徒有凌云志,无奈鹤冲天。背倚烟花巷陌、丹青屏障,你的足音无法叩响庙堂。忍把浮名,换了浅斟低唱。

羁旅天涯的浪子,携着忧郁的从容,踏萧萧葭苇、溪桥残月。那一曲深婉的自负风流才调,令你的脚步越来越远。故乡天游峰的青翠,似半盏绿蚁,饮却,两鬓如霜。金鹅峰下袅然而起的雾霭中,再也嗅不到那支少年妙笔的墨香。

烟柳画巷的多情女子,衣袂飘飞,纤纤碎步,皓腕流转间,将你的愁绪轻捻成满街烟花,璀璨而寂寥。井水处,仍是那般幽深,一如你的心事,千年之后,无人能懂,那场孤独的狂欢。

一舟临岸,江南岸边秋色如染,烟柳画桥,水天一色,风帘翠幕掩映十万人家。你一个人的江南却也可以如此繁华,三秋桂子,十里荷花。

长亭暮色,寒蝉凄切,催发的兰舟载着你的忧伤,山高水远,烟雨茫茫,雨打浮萍两悲凉。你一个人的江南却又是如此寥落、清绝,杨柳岸边,晓风残月。

你毫端散落的阳光春雨,早已入了湖光山色,羌管玉笛。而那一帘红衰翠减,潇潇暮雨,悄然地拟于疏狂里,一醉千觞。

那一叠叠平仄的余韵,如空阶滴雨,似玉钩遥挂,婉约了千年。而你,才子词人,白衣卿相,吟唱着瑰丽的望海潮,低咏着清丽的雨霖铃,轻拂人间的破败苍茫。

你已远离浊世,你的才情化作半城素缟,一片哀声。自此蘋花渐老,梧叶飘黄,几孤风月,几载星霜,都已尘封于你的草帘之外。而你,且填词,纵山光。

你的眸子随着玉蝴蝶的翅膀,回归故里。丹山碧水的武夷风光可容下你一生的世事炎凉。你尽可以微笑着将脚步漫过长满青草的山岗,惊起青苍深处那一份属于你的快乐,在光影流转中去消磨,恣意且铺张。

回首萧瑟处,一盏似水流年,几点清影星光。但你肯定知道,你并不孤独。凡有井水之处,便有你纤婉的韵脚,清丽、旖旎,尽是人情风光。

隔世离空,那一阕精致的风情,更与何人说!

一场相遇

一

史载春秋，伯牙奉晋君命出使楚国。乘舟至汉阳江口，遇风起惊涛，遂泊于山脚。日渐沉，风渐息，潮平岸阔。恰逢中秋，云开月朗，江流天地，蔚为壮观。待月色铺陈，如练如银。当此胜景，伯牙操琴，弹数曲以寄怀。沉醉间，倏见江岸一人，岿然而立。伯牙惊，指落弦崩。正当揣测，岿然者言道："先生莫疑，吾乃樵夫，经由此地，闻琴声绝妙，竟忘返。"闻言，伯牙借月色清光，万般端详。岸边之人，戴斗笠，披蓑衣，侧有柴木板斧。伯牙人惑，不过一樵夫耳，缘何懂琴之音意？遂曰："尔既解琴意，不妨道来。"

樵夫笑曰："君所弹奏，乃孔子盛赞弟子颜回之曲，奈何四句未结，弦断音绝，惜之，憾之！"

闻此言，伯牙大喜。遂将樵夫邀至船上，知名子期。相谈甚欢，伯牙重整断弦，复弹一曲，请子期辨识其中之意。子期凝神，随琴吟咏："巍巍乎若高山，洋洋乎若江河。"凡伯牙所念，子期必得之。因知音，为知音。子期逝，伯牙谓世难寻，遂破琴绝弦，终身不复鼓。

此遇，佳话也！

高山为高山，流水为流水，实乃意、情、志相通也。蝇营狗苟、沆瀣一气者，非此中之人，不过类聚群分。甚者谬托，见于利禄功名，欲所不得，薄情拂袖。与此境，何止云泥？犹记《狼》中有云："禽兽之变诈几何哉？止增笑耳！"

二

近日赋闲，复观《我和我的祖国》《相遇》所记，令涕泪横流。

泱泱华夏，浩浩千秋。海天辽阔，风物盛美。新中国成立之初，民心同向，渐而荣荣。奈豺狼虎豹，日夜眈眈。观其婪婪之相，无长策不可定妖乱，银鞍卸难以令国安。

国之大幸，乃有可举之事，且有可为之人。

剧中高远，为天下计，杳然三载无踪。再归来，面如纸色，形弱神疲。一日，舟车之上，恰遇曾属意女子，名曰方敏。女子当是日思夜想，轻瞥之下，立断立决。遂至远之身侧，视众人如无形，滔滔不绝。所言无非初相识、再倾心、而后定终身等远年旧事。远闪转相避，女子终随其后，喋喋不止。任女子声情并茂，娓娓道来，抑或大惑萦怀，厉声相问。远，终未置一言。

三载光阴，远与诸君，为天下大计，忍清孤，付韶华，刀山火海，亦往矣。而今，远为国染疾，然情志依旧，坚如铁。其决绝之意，鉴初心誓言："既已许国，难再许卿！"

黄沙戈壁，平地惊雷，蘑菇云起。人潮涌动，旌旗满地红。远与女子，隔人海，遥相望。望尽岁月相思、来世期许，终不得聚。经年，女子得知远与诸君事，疼惜、慰藉，形于色，转而面如平湖，唯笃定尚在，愈久愈深。

远与诸君，其志甚远，所怀甚大。所怀者何？民族、国家、天下也！大漠孤烟，风萧水寒，甘苦生死，人不知之，甚或殒后无名！

非也！远与诸君，为国而战，河山即名！

而远与女子之遇，凄然、慨然也。

近日花旗等国瘟疫初暴，凡人避之不及。而今之华夏，风波渐息，春色渐浓，乃无数英雄义士舍生忘死，不得旋踵之闲，苦战月余所得。念昔日行异域者，似泱泱大国难置其身，唯他乡异地可成功名富贵、光耀门楣，或恶故土食不精、居不净，但凡所触，皆难比他乡。而今欲保身家，急寻国门，凡夫俗子抑或富户名伶，若为所言，何止笑耳！

三

亥末子初，三镇大疫。曾寥廓楚天，大江萧瑟；闭关锁城，万巷空寂。恐四散，炎黄同心，华夏一意，举国防。

技艺之功，在用得其时。矢志攻医者，遇国逢灾，自当以行明志。

夫未悬壶，但从医事，除瘟驱疫，宁家安国，已任也！

夫有一友，身高七尺有余，虽魁伟不足，然胸脯横阔，亦得几分难敌之威。友供职于官衙，与夫司职甚远，虽相识数载，交集甚少。然世事因缘，款款而至。

再遇，兄弟同袍。

逢新岁，人得闲。归乡者、走亲访友者天高地阔，观之往返者不绝。为扼毒散，设隔离居所，纳归来人。

二人曾曰："国事诚艰，村邑列垒。吾等当以初心列垒，万般周全，已绝后患危急。"遂驱车奔走，择适宜处，因势而为，皆成所需。又一日，人、物俱，诸事毕。

有云：大难者，唯大勇可克。此处，无大智不可功成。

曾纳一人，乃居无定所，四处"云游"者。或生性讷言，抑或终日无人可语，致沟通遇阻。费千般口舌，消半日光阴，方劝其就位。不料此君好烟酒，一日不得，便粗蛮放刁。君子当知，烟酒之事，只宜恰到好处；过者，多祸事。夫友曰："不供，观其秉性、情形，定生是非。以供为控，无不可。"友与事人立约："汝若吸烟，当思隐患。不可乱投残余，若违，则无！一盒毕，以烟头置换，缺一不可。若违，则无。"

至人去，皆相安太平。友思之缜密，甚善，夫不得赞一词。

一日夜间，友传图于夫。吾好奇，趋近观之。乃一居者离去，投箸于马桶内。吾质直且好义,瞬时怒不可遏,即狂言:"此人之毒实非新冠可比,即有来日,晦暗不堪。"愤愤未平,闻夫友云:"责人性为次之,清整其室为当务,以备急需。"言辞静气平心。吾曰:"友胸怀大局,临危不乱,持重沉稳,可堪大任。"语毕,觉失言,拊掌大笑。

夫,有棱有角,友,不激不随;夫大意,以为一言可尽意,友周全,常将三令作五申。嘻,相得益彰!

此遇,美哉,欣然也!

世间之情谊,有知音者、同好者,亦有虚情假意者,觥筹交错间辗转,利禄功名间徘徊。

窃喜:夫与友同袍,披心示诚。同为同守,未负苍生。

四

人生所遇即多,愿一切皆喜!

昔之苦难　今之砺石

戊午戊戌，一字相隔，四十载矣。今口体之奉、行居所享，有目共睹，毋庸赘述。

有云：昔之苦难，今之砺石。于是书。

一

旧时，果腹尚为难，无以置衣衫。多以父兄家姊之服，取其完好处，裁剪补缀，传与弟妹，以度寒暑。一衣之上，常片布交错层叠，针脚细密，色彩纷杂。若以时下论，颇具民族之风，斑斓错落，大胆豪气。殊不知，恁时此景，怎个心酸？

之于凡胎肉体，曾怨苍天：生万物而未择时，复添愁苦。虱虮则生逢其时，伏藏于衣之缝隙褶皱，食人肌肤，瘙痒难耐，令人日不能安，夜不能寐。记儿时散学归来，家母常命吾褪掉衣衫，捋缝隙，置木柜之上，左手缚衣，右手持梳篦，借其弓背之势，沿针脚碾轧。待闻得嘎嘣作响，母色渐悦，须臾，一气长舒。

奈何家贫，常年衣不离身，且朽缯坏絮，层叠相掩，终难尽。不消多日，虱虮复生，通夕爬搔，不堪其扰。稍长，读张女爱玲文字，曾戏谑：华美之袍，光滑细腻，无渊薮，虱虮何来？后历春秋，得解人生美之表象，其下必有苍凉悲苦。叹昔日，上下底色，竟相同。

由来甚恐严冬，难挨难度。虽曰棉衣，实则不符。寥寥薄絮，零散分布。念慈母周全，为御寒，常于晨起，以布带为绳，束于姊妹裤脚。裤略肥，末端忽收，远观其后，颇似老妪，古稀小脚儿，颤于虐雪饕风。每忆，大笑不止，渐而酸楚骤袭，倏然，有泪如倾。

冬月，见母搜罗旧布，一番剪裁，缝缀于姊妹袖衽处。历数月，两处皆有亮色，实乃涕泗、汤水着于衣物，惹染尘杂，兼之镇日摩挲，日久僵硬，即生光泽。虽垂髫，亦生羞耻之心。与人遇，常垂眼低眉，怯怯懦懦，藏双手于后。然，衽之窘状，一览无余。恁时，唯期岁末。虽无华服美饰，凭袖衽处缀物全除，已不胜欣喜！

而今，冬有复襦夏有禅，水貂轻裘，绫罗绸缎。吾独钟棉麻，一袭衣衫，得山川溪流之韵，绝喧嚣纷杂于外，内敛沉静，恬淡清幽。此番种种，不可胜记。

二

与吾相熟者，谙熟吾之饮食大忌，即与蔬食不共戴天。每遇友人相邀，问及所念之食，唯一言：蔬食之外，皆可！

吾深谙五谷为养，五果为助，五畜为益，五菜为充，气味合而服之，以补养精气之理，终是旧怨难消。宁闻饥肠辘辘，亦不择蔬食果腹。个中缘由，不堪言，不堪道。

吾兄弟姊妹六人，年岁两两相隔。饥荒年月，箪瓢屡空。母常杂野蔬于粗粝五谷之中，以水搅拌。取适量，握于手，左右交替拍和，由圆及长。灶内猛火，铁锅炙热，将手中之物贴于锅之周遭。抑或团成圆状，置于屉，用火烘蒸。闻此言，必有君曰：此乃美味也！当是。而吾之所述，蔬多谷少，生硬苦涩，下咽时似有细碎柴草，滞于喉咙，上下不得。然目下蔬食，精雕细琢，岂可同日而语乎？且经年累月，少有变更。个中滋味，一言难尽。

忆当初，父母少有闲月。纵一蓑烟雨，筋骨疲乏，仍勤事农桑，却依旧饔飧不继。母常执一瓢，轻叩邻门。待邻相问，母便面有难色，言之懦懦："家中无粮继日，可否借些谷米，下锅烹食，以养小儿？"俄而，恐邻生疑虑，遂口中念念："多则十日，多则十日，必还。"屈指计日，日近，无以还。恐失信于人，伤及情谊，母便以西邻之粟补东邻之缺。

少时常结伴，行于山野，寻可食野蔬。食其根者，抖尽泥杂，而后拭，旋即入口。若食其叶，常揽枝入怀，或掐或撸，少有繁复。片刻，衣袋鼓胀。归途寂然，少有人言，大多口中有物，不得语。及至家中，口角唇齿均呈黄绿之色。母惴惴，恐不辨真伪，食毒草。盘问良久，见安好，方去。

目下美食，万万千千。徽湘闽浙，苏粤鲁川。食鱼食肉，好苦好甘，只需驱车移步，必达所愿。较之粗衣粝食，聊以卒岁，又岂止地覆天翻？！

三

小城居所，毗邻要道，终日人声鼎沸，车水马龙。临窗而望，常心生戚戚。

曾于京城求学，寒暑归乡，唯一车可乘。乘者众，更难仆数。曾苦笑曰：归乡难，难于上青天！同行三人，因吾瘦小羸弱，常被两友夹于中间。乘与未乘，终会得一人相伴。

车未动，乘者秩序井然。待车启，众人蜂拥而上，锐不可当。摩肩接踵，推搡跌撞。呼号叫骂之声，可盖鼎水之沸矣。引颈相望，咫尺之遥，车门洞开。奈何众人纷拥，吾手难缚鸡，无以相抗，致左右飘忽，终难近。事成，恍如梦。驾者多智，常忽行忽止，众人前仰后合，得些微空隙。余者见状，大喜过望，以迅雷之势，一跃而入。车启。

数载乘车，苦乐相兼。奈何思乡，其苦不足为道。曾有好善者，闪转腾挪，左提右携，吾方得一隅。经年久远，思之，甚暖。

而今，车内常见老者，三五成群，提篮携袋，一路笑语不绝。至山间，或听风赏景，或采挖野蔬。去留往返，无碍无阻。

四

梓里，依山而居，林木丰美。立山底，看松涛起伏，听鸟鸣深壑。常有登临者歌于途，行者休于树。亦有披草而坐者，引壶觞而自酌，兼看白云出岫、倦鸟归巢，悠哉！

及晨，山庄静谧。朝晖映处，峰峦披霞，炊烟凝紫，一浓一淡，相衬相宜。叹无才，其美不可尽叙也。

旧时覆无一瓦，目下屋舍俨然；去日行于车尘马足之间，而今街巷平阔，百花繁盛。不禁感极而叹：此世之盛，非砥砺不止，初心不忘所不能！

缘何国之盛时，记昔之颓事？

曰：以励己、励人、励来日。

第二辑

故乡抒怀

听音阁

　　遗憾，大抵可以成就完美，我对听音阁的感觉便是如此吧。

　　初到听音阁，是那一年的八月游历松山。依稀记得陡峭、俊秀，间有青松点壁的回声崖，那声音似穿越历史的风声，在天地间回旋，来了又去，去了又来，溢满错落的苍凉和久远的余韵。我更喜欢云松观湖，那棵劲节的古松，赫然斜飞，以一种横空的姿态，傲立于苍茫云海，枝杈交叠，衬着蓝天深邃的背景，更是勾勒出其风雨历练后的沉稳与矫健。倾听岁月脚步，俯瞰历史沉浮，灵魂当是何等的宁重与超然？霹雳石，似一剑凌空，决绝而纯粹地似闪申般划过。瞬间，那一线刹露的云天，恢宏地倾泻，无牵无碍。湛蓝与黄褐，似岁月与历史的容颜，诉说着那一段古老的传奇。

　　那晚，夜宿听音阁。房间位于地下一层，推门而入，一股凉爽的气息迎面袭来。房间的风格极为简约，既无浪漫温馨的色彩，亦无书香水墨的遗韵，更看不到一点奢华与享受的痕迹。至此，听音阁名字中所透露出的雅致与小资情调，于此番凌厉的审视中，荡然无存。

　　置身一处新景，情绪自然会有些亢奋。恰好朋友电话邀请聊天，便按着她说的房间号码寻至二楼。进得门来，眼前为之一亮，顿觉别有洞天。简约依然，只是多了一方宽大的阳台。那扇偌大的落地窗上映着满眼的苍翠和葱茏。疾步而去，抬眼处，隐约可见婀娜的山影，因了叶子的抖动而婉约起来。淙淙的溪水声，自脚下蜿蜒而过，泠泠成曲。而夜的深邃与娇羞，似薄纱一般，将声色间隔得幽远、空灵、迷离。

　　自是奢望此番风光水韵可以陪我入梦，却不得已悻悻离开。或许犹抱琵琶半遮面的情境才是美的极致，朦胧得耐人寻味，且久远绵长。

　　只因初次擦肩，匆匆而过，便一直对听音阁怀有向往，怀有一种洞览或淋漓的渴望。

妫水小城于夏季炎热的日光里躁动不安，而我，好静的性情却由来已久。结庐在人境，又全无淡然之心，欲寻得一处清幽之所，聊以安谧。而听音阁，便毫无悬念地成了我灵魂栖息的别苑。

驱车数十里盘山公路，沿途的风景甚是怡人，怪石嶙峋而起，神形兼备地融入了想象，足以令我凝眸、沉思或微笑。而另一侧的山谷内，积流成湖，轻波漾漾，在阳光的照射下，熠熠生辉，明珠般被烘托于碧绿之中。

至听音阁宾馆，天气有些慵懒的灰暗，倒也颇显柔和。听音阁被群山环抱，处子般地坐落于青色的静谧里，娇柔且灵秀，凝重而婉约。

房间的位置正是我所钟情的。树的叶子随了微风探及我的窗前，隔着玻璃去触摸，似有一种故交般的通灵，我便笑了。山影在叶子苍翠的缝隙间，忽远忽近、若有若无。山色也随距离不停地变换着，或浓绿或浅黛，而晚烟中，定是朦胧的幽暗了。

脚下的溪水，便是听音阁之音的渊源。凭栏俯瞰，溪水清澈，蜿蜒曲折，顺势而去。间或遇突兀而起的石块，便翻水为花，泠泠作响。沉淀了岁月的玲珑之声，清缓地叩击着灵魂，唤醒了那颗未染喧嚣的心。

阳台之间是用玻璃作为隔断且未通达至顶，因此只要相邻有人，便可见得影、闻得声了。隔壁是个老年团，走廊里相遇过。他们悠然的脚步，恬远的微笑，与山之仁、静、淡毫无错落，相得益彰。

树影于云里安睡了，虫虫鸟鸟也放下草帘，喁喁地浅语，并渐次入梦。风于松林中，缓缓地行走，偶尔停歇，似是待得云破月来，清光弄影。柔软的感觉，并不似东坡居士的千古小令，幽冷哀怨。楼前的流水，依旧缠绵于耳畔，倾听我文字里相思的煎熬与忧伤。

深夜，一场大雨不期而遇。骤然间，似万马奔腾之声，穿窗入耳，愈驰愈急，颇为震撼。若是白天，定是能看到远山的雨帘，如烟、如雾、如尘。雨的脚步焦灼而凌乱，全然寻不见傍晚时分的那种惬意与轻灵，似是委屈于喧嚣的心，寻得此处，迫切地得以释放与回归。想来如我，便也不会对其贸然的造访有些许的嗔怒了。溪水的声音，因了雨水的融合，暂别了空灵婉约的韵致，抖了抖身体，吟唱便浑厚而宽阔起来。

隔壁的鼾声，于我的阳台上踱步，舒缓有致，怡然自得。风雨里的那一份沉稳与安然，令我动容、崇敬。岁月的尘杂，便是被这风雨沉淀，然后才结晶出如此的从容与洒脱吧。

一夜鼾声一夜雨，半帘灯影半帘风，听音阁之夜。

清晨，窗外的叶子明亮得耀眼，溪水如昨日般清澈，将鸟儿翅膀上悬挂的青翠，印在眼眸里。山，娇羞地将头埋于云雾中，等待着阳光轻挑薄纱的瞬间展颜一笑，而我已准备离开。

几位朋友驱车前来，随他们离去的那一刻，失落与伤感充盈于眼角。似是即将远离一位灵犀通透的故友，令我的心阴郁而沉重。

车子向大山深处进发，细看窗外的风景，却也别有风情。或泼墨写意，或工笔雕琢。恍然明了：听音阁之韵，无非由其心耳！

如若境随心转，便可处处听音阁了！

松山记

结庐人境，车马喧杂，且不屑玉带凤冠，其于掠美钓名、取媚苟容之性，斜睨久耳。非不晓孔子之忠恕，奈何本性游离于愚滥，品不得尘中俗韵，故寄情山水。虽无太守之怀，怡闲情且得画意，悠哉。

有云：仁者乐山，智者乐水。松山之景，山水相融，好往者，当属仁智兼备。笑曰：吾乃此士。遂前往。

嘉庆有记：松柏葱翠，黛色横天，松山之名关乎？未探其源。

于山脚举目，层峦叠嶂，气势雄浑，苍莽起伏之状，令人胸臆大开。急欲得其质，引径而去。

初始，石路平缓，无高林之翳，路旁绿密红疏，光浮之上，色泽欺人。上行，石径渐露萦纡，四面树木环合，山鸟啼鸣处，愈显幽寂。点点光影，依疏林而渡，落于青苔碧藓，明暗相接，如临幻境。亮光回闪而来，眼微眯。趋近，见清露湛湛，坠叶凝花，若游移所处，可见玲珑七彩，明丽光鲜，令人不甚惊喜。倘轻摇枝叶，瞬间犹如飞珠碎玉，错落而下。屈身端看良久，略见湿痕浅浅。

进而，渐觉古树参天，绿叶盘空之下，辅以翠蔓蒙络，尤衬小径之幽然深邃。感泠泠声由远及近，自知此处临溪。寻声而去，豁然洞天：一石平坦舒缓，四周苔痕细腻，上有清流携山光树影怡然而过。至石端，披拂而下，遇危石相阻，卷水浮花。掬于手，清冽犹寒。入口，却若醴如饴，至数日，余味尚存。

途有巨石，光滑圆润，背靠葱茏，前地势平缓，涧溪环绕而来，于此汇集。来往之间，危石凝咽，远闻如琴瑟相和，幽然静谧；趋近，又似环佩叮当，小巧清脆。此潭如凝碧管弦，乐音浑然昼夜，故名听乐潭。潭中圆石微露，端坐，见几尾闲鱼，色泽通透，灵动飘忽，光影随游鱼而流转。观之，顿觉清愁隐隐，儿时之乐，如日月之遥，再无可及。

听乐潭澄澈舒缓，闲中取静，松月印潭则不然。其四周油松郁郁，花草相并，间或古树参天。圆润巨石相拥而起，遂成小潭。积至水溢，倾泻而下，如帘似瀑。垂落于叠岩，骤然银箭琼花，忽而如烟似雾。观小潭，青翠沉落，幽绿空寂。明月初上，凉爽习习，松月印潭，石镜含风，星月萤火之光，交相辉映。立于潭边，暗香浮动之怡然，疏影横斜之静谧，定使之宠辱皆忘，生死不问。

山中有亭，名曰：观景亭。小亭倚树傍岩，石磴扶阶。临于此，八方气爽，四面风清。若摊书石磴，与友携壶，高谈阔论，兼听松下燕语，旁有童子挥扇煮茗，当是何等逍遥？抑或把酒临风，对月而饮，偕山容酩酊，笑讥逸之卑，遂浮生散淡，醉留颠笔，浑然世外，又当何等快意？亦可端坐亭中，感窗前山影，悟枕畔水声，虚灵宁静处，修得定慧禅心。

相闻，游松山至百瀑泉者甚少，绝非吾等瘦弱之躯可抵。吾性不从，志必往。行进间，山势渐高，石路渐陡，身形渐屈。仰首，山崖峭立，侧畔谷深林密，犹闻水声清冷，挥汗笑曰：百瀑泉将近。

疾步而上，便见细碎百瀑，划开嶂色，中有巨石红字：百瀑泉。泉水依岩缝而下，途经巨石，石阻处，或细碎如帘，缥缈而落；或另辟蹊径，回旋而出。如此一分三，三分九，方呈百瀑之观。言瀑而非瀑，虽无溅珠如雨，喷石似烟之境，择落差之势，亦可见水流激射，翻雪悬纱。泉水经百瀑垂素，复沿谷而下，一路水声溪流皆由此而来。

夜宿听音阁，临水而居，明窗通达。不燃灯火，落座幽然，听荫荫夏木，黄鹂鸣啭；蜿蜒溪涧，水乐空灵。松筛月碎之时，借一地清光，拥温润满怀。静其中，苍颜白发之恐，紫陌红尘之躁，了然无痕。恍与庄子同游八极之远、万仞之高。

距游历之日数载，今记之，乃应挚友厚爱相邀。其中胜景，因文辞拙劣，难以记述。若亲临览物，情之所得，恐吾言之所蔽。

况人生之旅，胜景非终。途中万物皆为所赏所乐，若偶得顿悟，岂不妙哉！如此，君何不携友三五，择日而往？

雨中古城

六月窗外，细雨霏霏。

不知何故，忽然想念起岔道古城来。

一座风华殆尽的古城，当是有着超然物外的淡定与从容。而淡烟微雨，恰恰轻掩了阳光下的喧嚣与扰攘，唯有此时品读，最是相得益彰。便相约了一位兄长，撑开伞，走进雨里。

西门外的古驿道上，行人寥寥。静谧里，似乎隐约着数百年前那缕尚未散去的烽烟，以及遗落在岁月里的声声马蹄，便越发的空旷和辽远了。西门，便是岔西雄关，巍峨高耸，气势磅礴。几百年来，它静默而孤独地守望着岁月与风雨、繁华与寥落、叩问与缅怀。仰望间，一种历史的厚重感油然而生。一阵风拂面而过，凌厉寒凉。想必是一段碾过历史的风吧，穿过垓下狂歌，穿过秦淮烟雨半掩的门扉，又无数次地穿过这门洞，兀自地在光阴里回旋。

雨中的古城街道，在长石条泛起的幽暗色泽里延伸而去，一如脑海中逶迤而出的那条回响着悠悠驼铃的甬道。两旁的戏楼、驿站、店铺和庄户，依约旧时模样，斗檐翘角、雕棂画墙。那一幅古画、一笔古书甚至黛瓦灰墙上的一片斑驳，都会于瞬间唤醒沉睡已久的记忆，隐约出酒旗风里豪歌行令、店铺门前车水马龙、戏楼台上唱念做打、驿站灯下一缕笛声。或许还有，还有亭台柳边的一段爱情吧。恍然发觉，一滴历史的浓墨借细雨氤氲开来，不慌不忙，于每个角落处注解陈年过往。

小街的屋檐在滴水，不紧不慢，重重叠叠。透过雨帘，似是看到旧时光阴里那双稚嫩的小手、那张灿如桃花的面颊、那个鲜衣怒马的男子，也或许仅仅是那阕"高楼当此夜，叹息未应闲"的阑珊诗句。彼时的落寞，当被记忆提取，便是无比繁华。想必，这檐、这雨该是如此的吧！

街道石条的缝隙间，溢满雨水，清清亮亮。偶尔大些的水窝儿，映了灰蒙蒙的天色。恍惚间，似征尘席卷，黄沙漫天。恰有几只燕子穿檐而过，可是曾经酒坊檐下或庄户堂前那几只吗？于此细数椽间风雨磨蚀的年轮？

城内三株两百年的古槐，苍劲繁茂，翠影浓荫。纵然几度秋风，尘世轮换，古槐依旧谦和旷达、处变不惊，风骨巍然伫立。便想到故乡，想到故乡的槐树，和槐花飘落时那一天碎雪的凄清与绝美。岁月更迭，光阴流转里，古槐静默肃立，迎来送往岔道城的兴衰荣辱、丰美薄凉。经年之后，你或者我，是否还记得古老的历史港湾中，我们曾停泊的情怀？

拾级而上城墙，自岔东雄关向西行走。远望，阡陌纵横，四周群山环抱，浓荫覆郁。古城被飘动的雨雾笼罩着，城墙和屋脊都隐约在朦胧的雨雾中，历史便也幽远和深邃起来。不远处的那段土墙上，有几株怒放的小花和几株不知名的新绿。色泽与年轮相衬之下，瞥一眼，便悟得了世事轮回。

自古兵家必争地，从来鲜血染战袍。曾经岔道，定是有过狼烟四起、马蹄声碎的惨烈吧。耳畔便依约回荡着马蹄、剑戈、飞镝声，还有那缕风，穿透几百年厚重的光阴，携着战鼓的铿锵作响……而此番细雨，此等朦胧，似乎稀释了当年的追杀、惨号以及刀枪剑戟的碰撞，将跌宕的历史婀娜成一幅水墨画卷，让世人在春风里回眸那一点点光阴，无幕后悲喜，亦无寥落惆怅，独拥一怀"不念金戈风中舞，一曲芦笙对夕阳"的清丽与素雅。

雨中的城墙，尽管少了些凌人的气势，却依然可见其雄浑的神采与风骨。偶有山风微微掠过，便轻易地让人想到清代诗人江天淯，想到那句"古堡风传百战声"的诗句。城墙坚硬而冰冷的躯体上，岁月之笔雕铸下无数深浅不一的文字，任凭繁华开后，白雪茫茫；任凭时光的利刃昼夜不舍，却始终无法剥离每块砖石中沉淀的历史烟云与世事沧桑。愈是风刀霜剑，愈显其古老沉雄；愈是残缺，愈显其厚重深邃。

城砖上有滑腻的青苔，触摸时，一指寒凉。碧藓浮雨，芦荻弄秋，无涯的时空，隔绝了今古。所谓刀光剑影，烽火狼烟，无非是我们穿梭于历史缝隙间的断想，而我们始终无法走进城池的内心，任凭怎样的虔诚。尽管遗迹被斑驳成碎片，往事被覆盖得严严实实。但我知道，内心的一切，定是不会轻薄地抛掷。

走出古城，路旁院落凉棚之下，细雨帘帷之中，两人正在对弈。

人世几回伤往事，山形依旧枕寒流。历史，回首时，不过一纸雌雄。

我不禁微微一笑。

且行且珍惜

春天是段纤细的光阴,穿过宽宽的指缝,转瞬了无踪影。回首时,草长莺飞便隐匿在诗句里,凄艳着一抹说不清、道不明的浮世荒凉。丢失的守望或朦胧的清愁,会让人霎时红了眼眸,倒不如携一份足够的从容,走过烟火红尘。

一

闲来,喜欢握一盏清茗,与我的小城相对而坐。一缕温情,便开始在窗前的叶子上跳荡。路旁的花草渐次浓酽,却依旧不着繁华,只留一点生命的清香掠过鼻翼,淡淡地散入微风。往来的人们,披一身细碎的阳光,欢快的脚步摇落缤纷的心事,和着花儿一起盛放。听着街上小摊儿的叫卖,听着窗外鸟儿的啼鸣,一颗沉浮的心,终于安顿下来。那种气定神闲足以经得起渐老的悲凉与沧桑。

时常一个人漫步在小城的人流里,偶尔抬头,那些临街靠巷的店铺名,或如诗,让人想到陌上花开似锦;或如画,让人想到细雨飘飞的江南;也或者是瞬息浮生里一段锦绣般的爱情,让人想到雕栏曲处,一道同倚斜阳的风景。而那座兰亭社和霜雪堂,总会让人想到茂林修竹、流觞曲水之境。抑或一个慈眉善目的老者于瓦屋纸窗之下,临宣泼墨。一纸水墨光阴,堵了浮华中那道惶恐的缺口,从容了岁月。

尤其喜欢那些大大小小的书店,挑了帘栊,便似闻到了书香。喜欢随手翻看,总觉得太多的文字是为自己的悲喜而来,写尽了生命里那些谙熟的或冷或暖的时光。遇到装帧雅致的,定是要停下脚步,如若其中文字也恰好心仪,必是不惜重金。回来,或默念,或吟哦,绝胜之处,一句便可抵得十年尘梦。

太过喧嚣的生命距离欲望很近，百转千回，总让人安宁不得，便喜欢一个人的行走。看黄昏从秋千上滑过，看日影衔山，看老人缓缓地从长椅上站起，看清水漫过青草、阳光照过山岗，听孩子咿呀学语，听远处叫卖者那一口异域风情。倏然想到那句"猛虎细嗅蔷薇"，岁月没有疼痛，没有破碎，也没有美到心惊。

二

　　生命里，总会有些离散的故事，突兀的起结，凌厉地试探着光阴流转沉淀给我们的平和静雅。白云苍狗，流动无形，旦旦信誓终究抵不过时光的销蚀，初见的盎然相顾，于流年中平淡终老。而那个要伴你度过浩浩余生的人，却没有与子偕老。那又何妨，曾经的甜美，足以点成一颗小小的朱砂痣，紧缩在胸口，温热殷红。人性中总有卑微和柔弱，何不放彼此过去，宽一段胸怀留给岁月。在转身瞬间，微笑连同尘埃，轻轻覆盖往事。静好的岁月，当是怀有从容和感恩的，即便一份无法安顿的忧思，在漫长的光阴里，也会摇曳成华美的记忆，提取时，定是一种辽远的温柔。

　　先生好游乎？此处有十里桃花。先生好饮乎？此处有万家酒店。寥寥数语，我却独独喜欢。桃花潭水深千尺，又何曾深过我们的情意？

　　也是春风桃李花开的时节，潭水深碧，清澈晶莹，翠峦倒映，而我却孑然远去。那段有限年华，那般无限心事，都留给了友情。破天荒的没有喝酒道别，因为我不确定一杯酒可否饮尽喜忧悲慨，更不确定几杯酒可以道尽离愁别绪。我只知道：那些曾经的微笑，灿若桃花，终将成为我生命里永恒的温暖，不离不弃。朋友驱车而来，辽阔的距离便瞬间浓缩在关切的眸光里。

　　时常会想到村庄，想到槐树下翘首的身影，想到母亲手中那缕线和缝进衣衫的温暖。红尘伧俗的奔波中，未许端详的母亲蓦然离去。那段时间，回忆如名剑割喉，凌厉且珍贵。我的生命强韧地与思念的疼痛周旋、对抗，无措且茫然。渐渐地，那些令我泪雨纷飞的日子，不再心如刀绞，只是望着远山，轻柔地道一句安好。思念被苍茫岁月沉淀成一湾湖水，澄澈、安宁。偶尔，一点似曾相识的旧时光阴激起无数涟漪，着七分明媚、三分忧伤，而后优雅地散去。

时光是一把钝锉，舒缓地打磨那些记忆。几程烟雨、几许风霜之后，以往便不再令我们如初般的悲戚或欣喜。瞬间，一种无以言表的苍凉和悲壮裹挟着"昨日兮昨日"的感慨席卷而来。

此时，便记起那座有着未来和过去两张脸的神像，在人们对当下的追问里轰然倒塌。未来可以憧憬，过去可以缅怀，而两段时光，都不在我们手上。我们拥有的，便只有现在。无论繁华或萧瑟，也无论春风得意或心惊梦寒，拥有着，总是好的。至少我们知道，时光还没有远去。

三

信步走进那间茶馆儿，空间不大，因为有了茶，便多了几分清幽。人在草木间，便是茶字。若一杯清茗在手，即使满眼水泥丛林、车水马龙，便也置身青山秀水中了。

素日里，少有品茶。倒不是没有闲暇，只是觉得茶乃清绝之物，非等闲之人可品。偶尔到茶楼或茶馆小坐，也并非是独品茶韵，不过约两三友人，享受一下茶趣罢了。

得半日之闲，对清泉绿茶，当是一段光而不耀的生命。没有横流的物欲，亦没有不可逼视的锋芒。唯有平和安静的等待，等待时间将那一捏浸满风雨阳光的岁月舒展。不急不缓，从容的心境，必定是清风浩荡。

茶的杀青过程，倒也和人生极为相似，炒晒或烘烤，亦如人生的坎坷或磨砺，起落间，去掉浮躁与浮华，再遇风雨，定是一种别样风情！想必如茶一般，洗尽铅华，清淡里透着隽永悠长。

茶叶静默，即使在杯中翻覆，也悄无声息。凝视着，便忽然觉得光阴流转里，轮回如白驹过隙，快得有些刺眼。

　　流年，且行且珍惜。

风情陌上花

十里花如海,我来盱已迟。

故乡,一座名曰四海的北方小镇。少年离家之时不谙世事,只携一怀清纯,于是,故乡的秀水青山便从来不染伧俗。

故乡的山,少有高入云际之中的,多是秀岭层叠或蜿蜒而去。春来滴翠,夏至送青,到了秋天,便可一睹繁华背后的青嶂之骨、翠微之腰了。而那山间的清潭或涧水,早已看惯春花秋月,兀自如常。于此驻足凝思,人生中的离乱、荣辱与沧桑,便会倏然远去。即使行至水尽,尚可坐看云起,若能悟得云烟水流之间妙契史达所蕴含的那份禅意,灵魂定是清雅无比。

故乡的记忆,大多沉淀在花色里。

一场久违的春雨悄然而至,细如丝,薄如纱,空蒙着柳,湿衣不见。那一树桃花,便急切地绽放出无双的艳丽。或深中兼浅,或绿中间红,也有半开半落的,映衬着那个乍雨乍晴的午后斜阳,让人想到崔护,想到那扇门,想到红尘中的桃花人面,似流水光阴,去而不返,便会陡然地生出一份珍惜予以岁月。那杏花,有的欲红还白,有的轻颦浅笑,微风吹过的时候,花瓣轻舞,漫山遍野,远远望去如棉似絮,空灵飘逸。若是落于手中,便隐约着一丝凄清、落寞和四季流转的怅然,让人顿生鸿泥之感。若论性情,梨花和李花当属我钟情的那类,喜欢那种淡白,更喜欢那种冷香。似银簇,又似雪堆,于院落中或亭台旁,清无染,淡不妆。便总是幻想:若此时,有知己前来,藉草携壶,和风伴月,对冰魂雪肌,定是淡漠沉浮,物我两忘。

又是花开时节,故乡的阡陌,繁花如海。

看那大片的万寿菊,一直绵延到山脚。纤巧的花瓣层层叠叠地簇拥在一起,整朵花便显得无比繁旺了。怒放之时,那一川浓酽,浑如野火,恍若晴霞。因被田埂的绿色相隔，又似一块块偌大的黄色绒毯，铺陈在山野之中。至观景台的小路萦纡，隐于松林之中，颇显幽寂。旁有密绿疏红或石凳木椅，不由得幻化出僧扫落花、子落鹤闻的出尘之境。若是脚步重了，便可听得细碎的鸟声，渐渐地远去。临绝顶之上，当是只有一川花气、万壑松声的壮观了。花的色泽与香气从四面八方奔涌而来，令人猝不及防，任凭你如何躲闪，却始终置身其中。远处那片红墙碧瓦，静谧地坐落在花丛里，日子当是那种"阶前芳草绿，槛外菊花香"的悠然或闲散吧。而那松声，舒缓地传入耳鼓，郁郁森森，于浓烈中渗透出一份清冷和凛然。花易凋，而松不落；花悦目，而松清心。揽繁华之时品味劲节，此处便意味无穷了。

于花海中漫步，脚步定是优雅散淡，不惹匆促。你来我往，听风声鸟语，看花开花落，都无非是置换一份心情。钢筋水泥的冰冷，尘世凡间的俗累，于此番行走中渐淡渐远。而那花儿，也于此中少了寂寞和苍白，依你我的心性盛开出或绚丽明艳或淡雅清新的景色来，也或者仅仅是一份安宁和恬淡。田埂上的花农，臂弯间的筐子里满是花朵，红红艳艳的，真真的和了那份喜悦。宽些的道路上，隐约可见一两辆马车，在等待主人，等待满载而归，等待踏花归来马蹄香的浪漫风情。若是朝晖或斜阳里，如此辽阔的宁静，该是一幅安谧祥和的如诗画卷吧！心中的那些块垒，又怎能不旋即消融？间或走近一两个花农，和他们聊几句花儿或聊几句日子，便会有笑声袅绕在风中，有笑脸盛放在花海里。

秋英，我尤其喜欢，与万寿菊的浓酽相比，似是粉黛未施。袅娜纤长的花茎，于微风中摇曳出轻灵、绰约。故乡的篱边石畔、路旁崖坡，秋英无处不在。没有明艳的色泽，亦没有袭人的香气，有的只是不竞秀争荣、不喧嚣张扬的朴实与宁静以及不惧严寒、不择地势的笃定与柔韧，一如故乡的人，素淡、安然。

秋英的细弱与淡雅，总让人想到纤尘不染。修顾的身姿轻摆于澄澈的碧空之下，温婉绵柔，即使成片的花朵，也依然清丽的模样。一阵微风吹过，绿叶婆娑，花瓣零落。而那花茎，却是柔而不软，挺而不脆，俯仰间，怡然自得。行走在花丛之中，当是如花一般，少了些凡俗礼仪，多了些自由和散淡。或仰天一啸，或俯身一溺，无荣辱成败，无名缰利锁，何其惬意的人生啊！如这花儿，法了自然，便有了一份独特的清韵和风骨。纵无牡丹的富贵、菊的隐逸、莲花的君子之名，却也凌霜斗雨，开满整整一个秋天。旷野无人，兀自盛放，不孤芳自赏，不斜睨众生，亦不妄自菲薄，若如此，又何尝不是君子情怀呢！

总觉得故乡的天幕很低，云脚似乎就抵在树梢上，袅袅娜娜，牵连不舍。走得累了，坐在花间的田埂上，穿过花海的那缕风，氤氲着花儿悠远的淡香和湿润的青草气息扑面而来，倏然间，便已微醺。此时，忽然地嫉妒起渊明的酒兴和了美的诗情来，若不然，提笔故乡，定是一纸锦瑟。而今，喷涌的思绪，却只能沉落在记忆里。也好，离开故乡的日子，便多了些厚重的回味，悠远绵长。

花海不远处，有座明代遗迹，四百五十年风霜雪雨的销蚀，已是残垣断壁。山上清风冽冽，只是再无《将进酒》的古乐；林中月光溶溶，却也再无《出塞曲》的低吟，唯有楼台上斑驳着一抹古老的时光。古迹的苍凉辽远，花海的须臾明艳，畅游与沉思，珍惜与怀想，故乡给予我的，总是那么意味深远。

江南临安的阡陌之上，花开依旧，只是钱镠已逝。而那阕"陌上花开，可缓缓归矣"的千古诗句，却盛开在陌上，盛开在繁花时节。

若你我的心情能恬静如花，亦可缓缓归矣。

小城冬雪

一

塞北的故乡小镇，当木落山寒，水声渐低，雪便近了。

记忆里，故乡的雪，当是磅礴兼之柔美的吧。有时倒和春雨颇有几分相似，随风潜入，漫天飞舞，如花似絮，婆娑往来。我尤其喜欢傍晚时分的飘雪，与黄晕的灯光相映，雪便着了一层柔和的温暖，即便大如鹅毛，也毫无张扬肆意之感，倒是尤显了几分安然宁谧。当水汽布满玻璃窗，雪夜便是一段朦胧静好的光阴了。灶膛里，红红的火苗跳跃着，一缕香炊升腾而起，渐渐地弥散，直至悬于鼻尖。此时，即便不经意地轻嗅，也极容易醉倒在甜美的温暖里。那红泥火炉，已被新鲜的炭火装满，一壶烈酒正在泥炉的边缘暖着，不消多时，酒香便无处不在了。晚饭之后，偶有邻居前来，大人们便围炉而坐，谈论着雪和春天湿润的泥土，以及哪块山地将成为明早围兔的猎场。待聊天的人们散去，山乡也到了渐入沉寂的时候。玻璃窗上那些孩子们随意勾勒的鸡鸭小猴，该是可以怡然地看雪在暗夜里飞舞的吧。

故乡雪后的清晨，极美。推开屋门，似银世界，似玉满堂。放眼望去，雪随山形风随意，峭立的山峰，有如玉笋排列，柔和朗润。那些梯田，宛若叠放的银盘，细腻温婉，玲珑错落。远近的树上，或多或少地挂了些雪，大如琼花，小似粉萼，一瞥之下，还真有几分江南梅花的韵致。微风过处，便似了梨花杏花的花瓣，零零落落，清新淡雅。那雪堆成的屋檐，层层叠叠，似涌动的波纹，舒缓安逸。而檐下那一盏盏红灯笼，映了雪的洁白，越发地明艳温暖，正如此般素淡日子里的生活，浓烈而惬意。不是吗？孩童们在麻雀常来的地方，支好竹筛或笸箩，撒好秕谷或碎米，小心翼翼地拉着细绳，躲在门后或柴草堆里，屏气凝神，等待着鸟儿入网；没有冻结的牛马铃铛在纵横的阡陌间悠悠摇响，那是一支歌谣，只属于故乡的歌谣，淡泊、祥和却充满质感；雪地里跑湿了鞋的孩子，被母亲嗔怪着，而母亲手里那只湿湿的鞋，正在泥炉上冒着腾腾的热气。渐渐地，有檐水开始滴落，随着地面雪的融化，声音便也从簌簌的暗哑逐渐清晰有力起来。当然，还有我们听不到的，比如雪被下麦苗的呼吸，以及雪人间的呢喃。

雪后的阳光明亮温暖，照在老人和孩子的脸上。当然，还有我的心。

故乡的人以及思念故乡的情怀，任由时光流转，一如雪后清晨，纤尘不染。

二

远离了山乡，对雪的感觉多少有些不同。

现居的北方小城，山有些辽远，也或许正因其辽远，才成就了遥望时的巍峨与磅礴，海陀山便是如此的吧！雪后的海陀背衬碧蓝的天空，庄严肃穆。若有朝霞映染，白雪绯红，晶莹闪烁，洁白辉映瑰丽，实在是难言的壮美。一友人独爱登山，便有幸从影像中看到海陀深处千峰笋石千株玉，万树松罗万朵云的奇丽景观，却也时常因不能置身其中而抱憾和自愧。回望南山，以纵横交错的山脊为界，山峦被阴阳温差雕刻成黑白相间的色块，兼之似有还无的残雪隐约出的灰色，天地之间便似悬了一幅精巧细腻、棱角分明的刻版画，大气磅礴，韵致天成。

小城的雪倒也多见。孤独而寂寞地舞着，一会儿的工夫，马路上、公园里、楼门前便白了，浅浅的、淡淡的，若是有风掠过或车子飞驰，轻盈的雪雾时随之而起，舞动着、翻转着，几经回旋，安然落定。人生又何尝不是如此？起伏沉落间，容几分尘埃与跌撞，方能厚重丰盈。街道两旁的绿植，被雪薄薄地覆盖，白中隐青，端看之余，极易寻得一分雅致和三分清丽。最是喜欢雪中行走，看雪花轻飞曼舞，也看睫毛上悬垂的那一两颗玲珑的水滴。生命的热度，总能让我们看到别样的风情，一如雪花在眉间和掌心的融化，晶莹剔透，熠熠生辉。

小城的灯光较之故乡密集而浓酽，小城的雪便因黄晕色泽多了几分妩媚与妖娆。那些树的枝丫因了雪的雕琢，在灯光穿透的瞬间，居然生出了几分旖旎和华美。或许性情使然，总感觉绚丽中潜伏着一丝迷茫和惶恐，便寻了条稍僻静的街巷独步。清寂之中，厚厚的积雪在脚下发出咯吱咯吱的声响，犹如故乡的马车留在山弯儿处的余韵，又似故乡老屋那个破旧的门阀被风吹动而成的调子，极富美感。

绛帐红炉，绿蚁新醅，邀友帘内听雪，或围炉把盏，都不失为乐事。论英雄豪情，叹人生惨淡，也或许只那样安静地、安静地坐着，偶尔轻啜一口，便把一切喜忧悲慨交付了雪夜。其实雪夜是浓淡相宜的。雪夜品茶，人说太过寡淡，可我总觉得淡到极致的事物，便入了骨髓，如静水流深，不见，却永无停息。豪饮和了风舞碎雪的癫狂，细品应了雪的安然闲逸。流年滑过指尖儿，有些情怀便好，无须论明媚萧瑟。

雪，至轻至柔，却轻而易举地覆盖了浮世的繁华与大梦。静默其中，仿佛只有清冽的空气与纯粹的灵魂。

透过冬雪里那段素淡清寂的光阴，来看一场春暖花开吧！

雨夜

夜，雨正潇潇。那份不染伧俗的宁静，当是唯有一盏孤灯、一壶清茶的相衬最是相得益彰。

丝丝密密的雨，定是连了天地间的遥远吧，故乡便在那一端。

故乡的雨夜极适合临窗静听。雨滴落在树叶或屋顶，即便是簌簌的声响，韵律依然清脆、通透。若是瓦屋，那雨声更是别有味道。细雨声如沙、急雨声如瀑，若是那不大不小的雨，便是如了碎玉一般，温和却不失幽远，细脆却不失柔润。借此，我便想到了人性，想到人性若能如此般刚柔相济、安然顺变，当是极致。雨夜，是看不到屋瓦的光泽的，那种优雅的流光，只有在雨天才会湿湿地浮漾出来，或微明，或幽暗，也或许间杂了几分灰青。雨巷中袅娜而来的油纸伞下，定是那个丁香般的姑娘，唯有那份雅致与此景是极衬的。若是稍大的雨，不消多时，便会听到细流沿瓦槽潺潺而下，因那些错落的瓦阶，水流的声音顿挫起伏、舒缓有致。最后从屋檐滴落，舒缓便演绎成清脆或急切。然后呢，该是那般水尽云起的禅悟吧。

灯光当是故乡雨夜里最温馨的色泽了，想必亦是游子羁旅愁眠中那段最安稳的梦。梦中，犬吠、蛙鸣、闲敲棋子的挚友，一直未曾少过。当然，还有那份欣慰和懂得。

五月的雨夜，我在塞北的妫川小城。

人说南方的雨缠绵、纤细、多情含蓄；而北方的雨豪爽、酣畅、热情奔放。倒也不尽然，如此番雨夜，颇似几分江南。有江南女子般千呼万唤始出来的娇羞，亦有西子湖畔山色空蒙雨亦奇的柔美……也罢，无论是非，宁静的雨夜，情怀或灵魂，都会多一分清雅，如此，足矣！

小城的雨夜，空寂但不落寞。少了阳光下的杂沓、喧嚣和扰攘，路旁的灯光、花树，被如纱的细雨笼罩着，一切都显得朦胧而邈远了。偶尔走过窗前街道的一两个行人，亦是不急不缓，闲散淡定。间或在树下站一站，抬头望望雨滴点缀得越发明亮的叶子，将心思留在长长的灯影里，然后远去。倏然觉得，隔着朦胧看世界，一切便少了所谓的锐利和仓促，多了几分安然和静谧。如若我们也可以隔着距离看人生，该会从容和释怀许多吧。

轻放帷帘，将雨隔在窗外。独对一盏清茶，品这雨夜的味道。

雨当是有些性情的。山野田舍间的雨，宜大宜小，或豪放或温婉，都有可赏之美。看那篱荫树影下，竹篱茅舍旁的雨，着几分自然，携几分淳朴，颇有些隐士的情怀。而小城的雨，则多了些柔和、安谧和优雅。想那些未凋谢的花，于这场淅淅沥沥的雨后，恋恋惜别一年的花事，悄然留下一地愁红。那湿湿漉漉的青石板，那零零落落的花瓣，定是清丽婉约，美艳凄绝。若携一份诗情，当真一步便可踏进宋词里了。也或许还有些似黛玉般的女子，放慢脚步，叹红绡香断，久久地暗自神伤。

雨夜，尘世的铅华颓然隐去，喧嚣和躁动被雨声淹没。此时，灵魂极适合出走。到巴山夜雨的秋池旁，看义山独剪西窗之烛的清冷；到风雨交加的沙湖道上，看竹杖芒鞋的苏轼，沐雨踏歌的闲适与豪情；还可以到微雨萧疏的剑门关，等待骑驴而来的陆游，看他那一身的征尘和酒痕，同感他一怀未酬的壮志；而那梧桐树下，定是徘徊着瘦比黄花的易安，吟哦着寻寻觅觅冷冷清清的怅惘与孤寂；也可以只到山野，听那蓑衣渐湿的牧童，倒跨在牛背上，吹响一笛的春风。

巷口，我微笑着与那个卖花人擦肩而过，叫卖声却穿过幽深曲回，在小巷深处响起；湖边，我静静地聆听雨打残荷，一如青花瓷破碎的声音，凄冷、清远，不着半点尘埃；孤村，我虔诚地走进放翁的梦里，看奔腾的铁马冰河……也或许仅仅想在雨夜，邂逅千年前的那个书生，看他腕上那条褪了色的红丝绣线和眼里的相思。

案上清茶，帘外雨声。或品茶的沉浮起落，意味悠长；或叹雨的润物无声，滴短落红。无非是想从中悟透荣辱成败、悲喜炎凉以及岁月不可逆转的更迭，然后拥一怀清雅，微笑着为自己拈一朵莲花。

八月碎片

八月的脚步匆匆忙忙。不知是岁月走得太快，还是我过于在意，感觉着日子从我的目光中倏地闪了过去。

一

近些时日，晚饭后总是要到门前的公园里走一走，很偶尔的一种习惯吧。

公园与所居小区相隔一条马路，阳台上，透过树叶的缝隙，便可看到三三两两的人，或匆忙或怡然地来去。若是清晨，还可以清晰地听到那些练唱的人们吊足了嗓子，声音高亢悠扬，似有穿透云霞的执意。而我，懒散得很，居于这样的一种距离，却老死不相往来很多年。

公园的青石板路是我最喜欢的，小径曲曲，虽无江南小巷的清幽与深邃，更无丽江五方石所蕴折的历史光泽，然而脚步的轻叩，却也生将出一番清丽、别致或闲散。身后的脚步声或紧或慢地跟来，擦身而过，无不是一脸的悠然。那些掠过耳边的碎语，透露着生活的细节或思考，有些甜腻，有些小巧，还有些大义。

园中有许多不知名的树，葱郁的、高耸的、繁茂的、秀美的，林林总总。而我独钟情园内最南端那一方杨树。修长的身躯，凛然于边缘。小径略显偏僻，便少有人穿梭其中了。我自幼胆小，也是惴惴地，生怕有蛇或大虫之类的东西不期而遇。可性情却极为好静，便生生地壮了胆子，去品味幽长。细碎的鹅卵石，光滑地镶嵌在路上，时而点缀一些安好的文字或简约的图案，走走看看，倒也别有风情。而那些杨树，在这样一个八月的季节，清冽地抖抖叶子，声音散落于耳畔。我蓦然地想起一位朋友，想起他曾说：我听懂了叶子的问候。如初般，有一种想落泪的感觉，那种生命间的通灵和感悟。

那座小桥，我是很少去走的。或许感怀于惊鸿照影的寥落，抑或许那个断桥的故事太过凄迷。大多时候便是远远地看着，绕将过去。它没有江南二十四桥的柔美，也没有落桥如虹、静水如空的飘逸。但它会于傍晚，将洁白倾泻到水面，和着岸边的碧影与天末的丹霞，落于不远处的画板上。那样的一番锦色，重叠起真实与影像，迷幻般地令脚步不知所往。

树林深处的木椅上，坐着一位白发老人，腿上放着一把古旧的二胡，而那曲子却鲜活在从臂弯的轻摆里流淌出来。日子被弦子拉得舒缓有致，吱吱呀呀的，很美。

二

八月，想到母亲。似乎想念母亲是我思绪里永恒的主题，也或许仅仅因为季节，繁茂的一切，让思念无法安歇，而将寒的日子，又让我感怀离别。

以往的八月，都要于母亲身边缠绵几日。母亲的手粗粝得很，却依旧泛着儿时的温暖。其实，那温度不过一种感觉，脱离母体之后的第一次触碰，便深深地嵌入了骨髓。于是，风雨里便极渴望，渴望那份无忧的安稳。

儿女渐长，便羞怯起来，总是疏疏淡淡、遮遮掩掩，不肯直白地表达对母亲的感激。只有夜晚，我会佯装睡意地挤到母亲的被子里，亲昵她的身体，静听她的呼吸，驱走远离母亲的日子里，那种潜存的寒凉。靠近母亲，空气便也是甜甜的、暖暖的。悄悄地，我笑了。

那年八月，母亲安好。或许正在遥望远天，想念着我；也或许轻折了日历上那个红色的日子，等待着我的归去。或许母亲等得太累？也或许是母亲有些无望的颓废？转身，匆匆地走了，甚至没有留给我一个疼爱的眼神与欣慰的暗示。某段时光于我，无论多么汹涌，依然无法除去岁月的痕迹，如此番忏悔，一世难尽。

葱郁的山峦，父亲和母亲已安然地睡去。而我尚未走出忧伤，亦不知思念的路还有多长。

幸福有时很简单，不是锦衣玉食，亦非宝马香车，只是一声真切的对白。而我，喊遍了绿野田间，耳畔依然空空荡荡，母亲离我很远很远……

三

二十年前的榕树花开，而今的榕树花落，时光只在额头留下了难掩的痕迹。分别时的那些话语和泪水，落入匆忙的生活，无声无息。当我无意间获悉你的消息，泪水便充盈了眼眶，悄悄地落下，每一滴便是一段记忆。蓦然地想起那些日子，想起懵懂的红楼释义，想起楼道里的玩闹，扭伤了你的脚。拐拐的腿，浅浅的笑，让我们成了挚交。

拨通电话，我似乎比想象的平静、坚强。那些简单却极重要的询问，沉淀着多年的挂念。淡水般地相约，安宁地续了前缘。

感慨着岁月催人老，却也感激着那样一份铭记。记得，真好。

四

八月的繁华被青苔覆盖，阳光里依约渗透出秋的色泽，于风中摇曳成一道明丽的忧伤。

我是疏于行走的，肉体和灵魂便常常地蜷缩在沙发里，企图让柔软和安逸包裹自己，而那些伤口却总是在这样寂寞和慵懒的时候隐隐地痛。文字是药，将记忆捻碎，杂一些理智的宣泄和淡然的微笑，涂抹在伤口上，便慢慢地愈合。那道浅浅的疤，便是轻覆于身体上的时光碎片，抚摩时，总是会有些感觉的。或是痛苦，或是麻木，也或者是唯有自知的甜蜜……

偌大的房间，装满我的思绪、哀怨、缠绵、疼痛、叹息……甚至无从说起。最懂我心事的，莫过于黑夜，那双黑色的眼睛，洞彻了我的内心。夜，怜惜地掬了我的泪，挂在天上，闪闪地。如果喜欢，望一眼那星星吧，定会感觉凉凉的一滴滑过面颊。今生，我无比感激，你以如此的方式分担我的忧伤。

如果爱着，痛也会成瘾，虽然不解，却固守着那份疼痛的呼吸。满身茧子，麻麻木木，行尸走肉般地游荡红尘，我定是不喜欢的。累着、痛着、微笑着、泪流着，有感觉总是好的。

于是，我微笑着在痛里等你，等你携我的手，削剪掉彼此的尖刺，然后，相拥着，归去。

一抹明艳时光，一捻温柔岁月，一段落寞年华，回首时，那般安然、静好！

八月，穿过林子，穿过草地，停在落叶上。蚂蚁爬过，驮起来，快乐地走了。

我的甜蜜与忧伤被藏到洞里，暖暖地，度过一个冬季。

清水绿萝

绿萝之名，风雅别致，颇有些宋词的清丽与婉约。

窗台上那株绿萝，并不十分繁茂，两三条纤细的长藤，依窗台萦纡而去。碧绿的叶子，玲珑圆润，摇青吐翠，阳光照射之下，绿意盈盈。凝神之余，似有雾霭烟岚袅袅眼前；又恍惚望见故乡庭院，扁豆花爬满篱笆墙，那藤蔓也如此般纤弱婉转，缠缠绕绕。一片青碧的背景里，有母亲走过，而那抹微笑，便成了尘世中永不老去的风情。依旧渴望穿过长长的、爬满藤蔓的旧门楼，踩着窄窄的青石板，看那时的杏花春雨以及绿杨深巷。

也喜欢手执黄卷，倚着窗儿，独对清骨，念一句"绿萝深径栖残雨"，便是满怀的幽邃和清冷了。而那句"华屋年深蔓绿萝"当是历经世事更迭后的顿悟与淡然吧？若说喜欢，应是"绿萝深处卧云烟"吧？无关原诗原句，只是感觉其中有些禅意罢了。总觉得绿萝的每片叶子，颇似一个个杯盏，盛满了光阴，有繁华悲苦，也有丽日秋凉，更有浩浩风烟的起落沉浮。而绿萝却依旧安然静默，在湛然清寂的天地里，风姿摇曳，兀自如常。

从未见过绿萝花开。无论初春或盛夏，藤蔓上只有片片叶子参差往复，新叶不张扬，旧叶不低迷，任红尘喧嚣，独向一隅，留一段苍翠的年华给岁月。而两片叶子间的时光，不过人生一段最寻常的悲喜，来了，然后去了，又何必喜欢或者不喜欢。

花儿的盛放与凋零，便有了人间的惊喜和惆怅。而绿萝无花，生命中自是少了几分澎湃和颓败，唯有恬淡和静美。如此，倒生出几分不远不近、无陌生亦无厌倦的美感来。

绿萝确是毫无贵气可言，无莲之清、桃之夭、菊之隐，更不要说牡丹的雍容了。它只是倔强地内敛着自己的细致与生动，春来不争，秋来不悲，无绚烂，亦无凋零。它的美该是一种风骨吧，淡泊、宁静，不问世事年华，只有清心对月！

　　绿萝极其纯粹，纯粹到一瓢清水便可滋养生命。或许正是毫无纷杂，才成就了绿萝的清雅和淡泊。人若如此，以清水养心，不逐繁华，不悲寥落，不过多奢求，亦不轻言放弃，于孤寂中品味宁静，于宁静中求得超然，又何尝不是君子情怀呢？

　　清水绿萝，光阴中看惯了青梅往事，也看惯了老院深宅；看惯了姹紫嫣红，也看惯了冷暖交织，却从来不惊不扰，于繁华尽处，安之若素。一如那个满地斜阳的街角，一个白发苍苍的老人，一张暗红斑驳的木椅，一地声瑟影萧的落花……灵魂不由得放慢脚步，去感怀生命与生命的相遇，光阴与光阴的交叠，然后守着剩下的流年，看岁月静好。

　　时光，打马而过。怀一颗清简之心，端坐在寂静的风雅里，我看到那一朵花开。

长城秋色

长城晚秋，枫叶正红。

十月塞北，大多气爽清晖，极适合登高远眺。若此时登临古长城，看云天万里，揽秋之胜境，想必最是相得益彰。

足下青砖，缝隙间沉淀着历史的云烟过往与世事沧桑。凝神处，恍闻铁马金戈的声响回旋往复。而那缕清风，碾过历史，有垓下狂歌的豪气，又似有秦淮烟雨的绵长。浩瀚时空，总是将我们隔绝在一座城池之外，无论我们怎样的虔诚。千秋风物，唯有缅怀？顿然微笑，抬头，看漫山红遍。

一团团、一簇簇的红色，依山势蔓延开去，曾经陡峭绝壁所裸露的原始苍茫，也都隐没在了红色里。山便是七分柔润，三分凌厉了。极目远望，似是无涯的红波绚海，若有微风吹过，叶子摇曳间，更是似波涛般起伏来去，甚是壮美。间或的一处山峦之上，杂树纷生，相融相缀，火红、碧绿、金黄，缤纷绚丽。所谓层林尽染，当是如此吧？若是举目仰望，那一片片、一簇簇的红叶林，颇似一朵朵红色浮云，横在山腰，悠然闲散，无半点尘世拘束，将那种不惊不惧的豁达散落在山谷。低头凝望，山崖间偶有一树，横空出世，着一番红艳，却依旧孤高清冷。若你我如此，怀一颗草木本心，不求世人折赏，兀自盛放，也当得是极致的情怀和境界吧？

谁说万里飞霜，千林落木，自古逢秋悲歌赋？看崇山峻岭、悬崖峭壁间迎风而舞的红影火蝶，看天高云淡、风清日丽中舒卷往复的碎锦余霞，那一种雄奇壮观，无以言表，而那一刻惊喜，却意味深长。的确，深秋红叶，盛放着那种悲而不伤、悲而能壮的豪纵与沉着，让人回归赤诚与率性，遥想着迎风放舟、击剑长歌的岁月，升腾起心怀天下的壮阔、舍我其谁的激昂。而山脚下那片鲜红，山腰处那片绛红，山顶上那片紫红，无疑是生命中最悲壮的灿烂。间或一处，无杂花繁树，倒生出几分虚静来。适当的空白，也是一种色彩，人生也是如此吧。

长城之上看秋色，似一幅油画，有浑如野火的厚重，也有恍若晴霞的明丽，更似一首唐诗，雄浑苍茫，奔放自由，连忧伤都是浩荡的。

如若天性好静，欲独步蜿蜒小径，品枫林的幽邃深远，恐怕非红叶岭难成。

一片片如火的枫树昂然于幽深的小径两侧，叶子密密地斜织着，将阳光斑斑驳驳地洒落一地。脚下厚厚、红红的落叶，静默无声。路旁开阔平缓处，错落着几个木椅石凳，叶子点缀其间或其上，虽有几分萧疏、几分寂寞，却是极美。若与三两知己同行，于此处落脚，品茗作赋，兼看孤峰万仞、绝壁千寻，或是和露摘黄花，煮酒烧红叶，该是何等情致？

一座山，便隔了尘世的喧嚣扰攘。林中，荫幽宁静，别有洞天。当秋风乍起，红叶随风摇曳，一树清响。尽管是施朱施粉、倾国倾城的色泽，若是和了几声晚蝉的鸣叫，也会生出几分径冷山寒的凄美来。我倒是极喜欢这叶子与秋风的酬唱，赤子情怀，一尘不染。秋色是丰厚的，总会让我们少些凉薄的感怀。小径两侧，红叶相夹，赤红如火，万叶飘丹。流年的喧嚣被这抹红色滤掉，只留一怀的温暖与感动。感动于叶子与时光的寂静相守，于深秋的清冷里盛放出最后一抹惊艳。

一片叶子，随着时光钟摆的轻摇，飘然而落，触及我鼻尖的瞬间，有清香掠过。都说枫叶无香，我却清晰地闻到，想必是生命时光里那一段静雅和淡泊吧。那落叶翻飞的姿态，似幻化的虞姬，衣袂飘飘，轻盈如水，决绝一剑，成就了爱的传奇。

再看那残城之下，红叶灼灼夺目，流光溢彩，将古长城墙壁映得通红。当娇媚美人与沧桑英雄于季节的转弯处牵手，光阴便惜字如金。箭漏急催，我们又何必执着荣辱穷达！

古有写怨宫人，今有停车诗客。依着残城的背景，轻拾一片红叶。细品间，恍惚听得庭院高墙之中，一声幽怨的叹息隐隐传来。那片题诗的红叶,或许早已散落天涯,只是它的余韵依旧在红色的季节里流连。

地上的落叶晕染了季节的芳华,静默安然。而那一袭红色,依旧熠熠生辉。生命的形式无非是燃烧和腐烂。而唯有红叶在光阴里风雨寒霜,相浸无怨,傲然地酝酿一场很久的花事,于秋的清寂里,燃烧盛放,演绎着生命短暂的繁华。尔后,从容地化作春泥。倏然想到一首佛偈:我有明珠一颗,久被尘劳关锁。一朝尘尽光生,照破山河万朵。真好,站在季节的岸,我们收获了懂得。

残城相拥,小径落红。红叶岭中行走,人便多了些冲淡含蓄。或是浓荫下徘徊,又或是倚栏望断,情思中有晓风残月的天涯,也有灯火阑珊的醒悟。

古长城之胜,似高亢入云的羯鼓,雄奇壮阔;红叶岭之幽,则如一首鸣咽低回的埙曲,华美悲伤。前者是黄河远上白云间的正午,恢宏雄放;后者则是疏影横斜水清浅的黄昏,温婉薄凉。

倾尽一山秋色,等你来!

行走中的情怀

曾经想着每个季节都有那么一天，披着星光月色启程或归来，感受街道的静谧、微凉，感受山川的沉寂和幽远。

有过，确不很多。

那年的十一月初，深夜从香港归来。飞机起飞的地方还是周身暖意，途经千里之后，下了飞机，便是冬的冷冽了。小城的街道，灯光在凄清的风中回闪，幽暗而萧瑟。行人极少，昏黄的灯影里，依稀的几个人影，被厚厚的大衣包裹着。那应该是几个人力车夫吧，在这样冷寂的深夜依然执着地等待，等待一份美好的希望，也等待一份归去的安然。

车站距离家并不很远，我们也便选择了行走。

一条谙熟的街道，熟稔于心的却是那份晴空下的喧嚣和扰攘。风景似是在车流的缝隙间穿梭，又似是随车流飞驰而去。内心那一分恬淡和清逸，于攒动的人头之间，渐次的凌乱坠落，直至没入尘埃和嘈杂。

而那晚，那时，好风如水，好月如霜。

无非是一个清冷，我却甚是喜欢。黑色的天幕，那一轮皎月，静静地照临人间。在月色中睡去，以及在月色中醒来的人，想必都会有一颗琉璃的心，清透而温润。那晚的月确是有些高远和深邃。唐风宋雨、秦砖汉瓦早已漂泊在茫茫大野和泛黄的文字之中，唯有这月于世事更迭及万千轮回之后，依旧静定安然。而一切来的、去的，此中，早已成了永恒。

那夜，脚步声异常清晰。白日里，周遭的嘈杂以及内心的奔波，我似是从未听到过自己的脚步声，或许至我们离开、离开世界，都未曾真切地听过自己的脚步吧？它不曾离，我却弃它很久。其实，抛掷给伧俗尘世的，又何尝仅仅是这脚步的声音呢，想来还有那颗负载忧喜的心吧。那晚，我却听得了自己的淡然、清澈和通透。

我想，当我走向你，脚步里肯定是那种爱的声音，踏着大地，也踏着你的心。

楼门前是几棵高大的杨树，那些叶子，有些稀疏薄脆。风吹过时，便是那种清冽的声响。月光透过叶的缝隙，射到地面，零零落落，衬着叶子的吟唱，有几分寥落、几分怅然。偶尔轻摇的树影，却又生出了几分婀娜和迷离。寥落生悲，迷离易醉，那么人生有几分清苦，也未必是坏事吧？

一叶知秋，数载光阴里，我只感觉季节更迭，从未体会过那几棵树的荣枯和沉默，直至老去，我们以及它们。而那晚，我知道，即使人类都已入睡，还有它，在寒冷中等我归来，给我一份温暖。苍茫尘世，若有一个生命静默地为你守候，当是尤其欣慰的吧。

浮生之中，半日之闲，已很是惬意。而我拥有一日，该是极美的事情。

夏日那个清晨，背起行囊，怀一分豪情、三分忐忑启程。好久以来，都是有人庇护着来来往往。独自外出，那便是令自己极其崇敬的壮举了。但凡离家，便有些焦虑、紧张和不安，总是担心路途之中会有种种艰辛和苦难，总是担心自己无论如何也无法驾驭和把握突如其来的一切……便越发地惶恐起来。

站在候车台上，忽然地想到离别，有些隐隐的悲壮和感慨。想自己的人生，已曾有过生离死别，那种疼痛衍生的酸楚，居然还没有结茧，依然如此惧怕触碰。离别是启程，我相信一切离别都与爱有关，或爱自己，或爱他人，或者仅仅为一次日出或日落……只有父母的离去，让我不甚明了：他们是否爱我？是否知道我也那么爱他们？

出发是因为远处有风景，当然也包括人生。

我，一个有着小情怀的女人，最美的风景便是家了。

怯生生地等待着班车进站，眼睛也似乎在陌生的行程里机敏了许多，不停地看看远方，生怕自己的瘦弱淹没在强壮的拥挤和众人对远方的激情里。车子进站的瞬间，心潮着实有些久违的澎湃，忽然迸发一种一往无前的冲动。上车，然后落座，却又不放心地低头看看座位的颜色，深信自己并未占用那些老者的位置，才稳下了心情。一直觉得人类美好的品性，都应与嘈杂、拥挤、期待以及一切困苦毫不相关。

几乎每个人的一生，都会经历车门打开的瞬间，让我们体会或经历人性对利益和取舍的权衡以及之后的思齐和自省。

这个季节，那个方向，车子会一直行走在葱茏的绿色里。

阳光倾泻在树叶上，明丽了夏天以及我的心情。有些却穿过树叶的缝隙落在路边或田野，惊醒了花草和虫蚁，闲闲的绽放和往复的奔忙便是一种细微的风情了。若是赏得，内心中定会有一番散淡与执着的较量，然后悟得：人生中那条必须的路和喜欢的路都属于自己。

田地里，农民将残余的腐草拢置在一起，之后点燃。那丝丝缕缕的轻烟背后，便模糊出许多影像，儿时的我以及慈祥的父亲。那是一种无比温暖的画面，也是我许久以来无比钟情春天的缘由。而我，依旧在阳光和绿色里，父亲和母亲却化作轻烟，瞬间遥不可及。想这轻烟若是连了天地，他们一定会懂得我万般思念的情怀。

路边的那些孩子，颇似儿时的自己。流连于路边或站台，等待与自己相关或无关的一切。惊喜或平淡，都不失为一种希望和快乐，这样便好了。邻座的人们，家长里短地聊着，忧喜哀怨，说来倒也有几分洒脱。劝慰与释然，羡慕与甜美，当是他们旅途中尤为欣喜的乐事吧。

故乡的站台，永远的阳光和微笑。

我的心，瞬间安然……

写在岁末

一

光阴流转，我始终与这个世界不熟，除了故乡。

故乡是个古村落。我喜欢古村落这个名字，尽管它只有百余年历史。灰瓦、白墙、青水井，柴门、木窗、土庙堂。总觉得古村落应该有株千年古槐或古柏，安放我所知的历史和年轮。可故乡却没有，故乡只有高低曲折的街道和小巷。小巷深处有苔藓和柴门。柴门，想起来就很温暖。那上面悬挂着几缕香炊和几朵牵牛，那么柔软，那么灿烂，那么让我喜欢。原来，我不是想起了柴门，仅仅是想起了亲人，想起了父亲和母亲，想起了他们怎样丈量艰难的岁月。丈量两个字，半是疼痛，半是忧伤。

故乡有两口水井。小时候总是抛开母亲的叮嘱，趴在井口探望，除了幽深，再没有其他，更没有传说和神话。再后来，那井水便担在我稚嫩的肩头，一路吱吱扭扭，穿街过巷。水花在摇摆里飞溅，街巷两旁，却始终没有开出细碎的繁花。很久我才知道，原来那朵最美的花，开在母亲的微笑里。

古庙，那破烂而庄严的遗址。记忆里除了漆黑和森严，早已没有任何痕迹。幼年时每当路过那里，肃然中都会混杂一些恐惧。那里面是谁，我并不知道，也从未追究。但我知道，古庙里装着无计可数的虔诚和夙愿，还有那些生命之重以及岁月之轻。新庙，在村西的老爷庙梁上，我曾经去过，为母亲。

那座桥，年代并不久远，没有雕龙绣凤，一座水泥石桥，古朴素淡。我和母亲都曾站在桥头，我看的是风景，而母亲看的，是我。终究没有再伫立桥头，因为我怕自己，情不自禁。

我怎会不知道，有些记忆甜蜜而忧伤，只适于远观，而不适于沉潜，比如故乡。可我依旧那么喜欢。

无论时光如何流转，我一生的千般美丽中，有一半，都与故乡有关。

二

若没有离家焦虑，我想我会是个旅者。

旅行可以狂歌痛饮，也可以缄默沉思；可以奔波寻觅，也可以随遇而安；可以跋山涉水，也可以漫步街巷；可以仰望高楼入云，也可以阅尽沧桑古老。得意时吹几声不成调儿的口哨；失意时，伏在窗前，看尽陌生城市的一街灯火、繁星满天。旅行与伪装无关，多好。

人最终所真正能够理解和欣赏的事物，只不过是一些本质上和他自身相同的事物罢了。这便是我与江南。

江南的空灵与柔美，极不适合心高气傲。不带奢华、不施铅粉，静静地走来，便好。

江南小巷，纤细、雅致、静谧。幽静的青石小径，似是沉淀了水乡的沧海桑田，内敛着一种古来的寂寞。小巷两边的围墙，间或几处挂了青苔，这墙便蕴厚而深邃了。而那间隔而现的朱漆大门，斑驳着一段古老的岁月，上面悬挂的铜制扣环，闪着幽暗的光，似是诉说着亘古的轮回、荣耀与沧桑。

那粉墙黛瓦，错落有致，越发衬了江南的古朴和清幽。凝神间，忽然断想出一个临窗叹息的女子，望穿一帘雨、一江春和一树秋色，凄艳的眼神刺破千年的寂寞，流淌在雨巷，流淌在江南。

若是临水亭台，会看到一两个着着蓝色碎花布衣，头裹蓝色方巾的女子，轻轻地摇着乌篷小船，吱吱扭扭地穿过一个又一个桥洞。随之，江南二十四桥，以及二十四桥头的明月，依着诗词的韵脚，婉约而来。便也蓦然地想到那一弯绣帘银钩、那一弯盈盈眉眼，穿越江南烟雨，与我擦肩、错过。

北方，我只钟情那座被唤作紫塞明珠的小城。跋涉千山万水，不是为了去看一个王朝的背影，只想让心事在那尊佛的微笑里，落定尘埃。因为有些事情，佛懂！

人生注定有很多相遇，与人、与风景，或在一盏茶间，或在一棵树的生长里，不急，时间都在。

三

我倾心这样的时光，素心淡淡，一茶一书一笔。不恋俗世繁华，不写红尘纷扰，只喜欢在清浅的文字里，览一方意境。或于诗意的田园中听山风一啸，或于清风自来的月夜看闲花盛开。秦砖汉瓦间的一缕古风，唐诗宋词里的斜阳秋水，都可以让我温暖和安歇。而指尖儿那些文字，不过是一段不短暂也不漫长的时光，或眉眼带笑，或伤痛隐隐，都曾途经过我的生命，目睹过我的低垂和盛放，我没有理由不感恩、不欢喜。

若用时光煮酒，一切是否山高水长？

和我们生命厚度相似的人，总会有着无言的默契，其余，便似陌上的一季花开。而我也极挑剔，若能懂我的欲言又止，一个人便足以令我满怀欣喜。更何况终有几个朋友，彼此相连，过了那么久，走了那么远。一生中，总有些人值得我们放下身段去挽留；也有些人，离开，灵魂越发风轻云淡。

有一种珍惜，只为懂得。

曾经明媚的笑容，干净的少年，早已成为沙漏里一段最久远的时光。世事纷杂，谁能许你千秋不离？光影交错，谁又能在灯火阑珊处执着相守？当一份情意被人如灰尘般轻轻弹落，我选择在记忆里逃亡。忘记繁花白雪，忘记温暖流浪。我的灵魂是一座王朝，万籁俱寂。又是谁，在因果间拈花一笑？我们终究重逢，在阳光灿烂的春天，而你我的笑容是否依旧温暖？是否一如当年？

流年过，风霜雪雨，离合悲欢。记忆的梗上，那两三朵娉婷披着情绪的花，淡淡地开着，清明而谦卑。

我微笑着告别生命里的万水千山，只要时光还在，你还在。

来年又来年，我们一起看满树花开。

情致山水·画廊

有云：一折山水一折诗。为此，我来。

沿山路蜿蜒而去，峰峦渐密，黛色渐浓。如若细品，依旧可见山的青嶂之骨、翠微之腰。绵延之处，恍若翠屏罗列，凝碧含烟。倘是山峦相隔，每一座便似削成的青玉，遗世而立，令得岚光两向，黛影中开。路旁的花草，悠然绽放，或照水，或临风，一派清和。这倒让我想起了那些旷达的贤士——此生无求入诗韵，余香细细染清幽。于是，便有些期待疏雨潇潇了，干凄清中，静思高格，淡漠沉浮。

初极狭，行数十里，豁然开朗。当一桥横跨绿岸，走过，便入了陶潜的诗句。

立于桥头，风景目不暇接。举目望去，峰峦渺渺、禾黍离离。村落掩映于绿树中间，隐约透出的黛瓦灰墙，沉影于明澈的湖水，当是田家傍水，木叶围村了。清冷的色调，似一幅淡墨山水，颇为雅致。而那一湾湖水，清浅至底，碧绿无痕。山光怡然，随了几尾闲鱼于水中摇曳。岛树岸花的影，拢了水的四周，倒显了几分静谧。此番景致中，若有风雨，也定是那种风生斜浪、雨散圆纹的微风细雨吧？否则，便不会有如此的安然与沉静。若是夭桃似火，杨柳堆烟的春日，湖水曳绿拖蓝，那将是一番何等的景致？春波绿，白鸟飞，几叶渔舟往来回。一篙而去，会是青深浮漾吧？东风起处，也无非是舟翻柳色，浪涨桃花，那光景，又怎是锦色二字了得！当小桥上的落花，随风入水，定是湛碧残红，浮石流香了。院后溪流门外山，踱步溪畔，伊可闻初出谷黄莺弄巧；静坐庭前，便可看乍衔泥燕子寻巢。景致亦是情致吧？唯有钟情，才生得出：举目处人耕绿野，闭目时犬吠花村的情怀。傍晚时分，对落日斜阳，循着萦纡山路上归来的童子，渐入柴门，隐去。而思绪却入了牧笛声里牛羊下，茅舍竹篱两三家的意境，久久未归。夜晚，与邻里闲坐庭院，墙边杂花弄影，帘下新月笼明。清光下，隋唐事了了，吾只话桑麻。不染功名繁杂，当是人生大幸，不然怎会有蓑衣是草，不换锦宫袍的淡定呢！竹篱边沽酒去，驴背上载诗来，想必是红尘中人的极致渴望，你我亦是如此吧。

　　山水之乐生于情怀，自然少了疲惫，那种长安远或蜀道难的慨叹，更是毫不相关了。由此，小憩于长寿树下定是情非得已。那株白榆，历尽六百年光阴，阅云涛浩浩，揽雪海茫茫。唐风宋雨，沧海桑田，早已沉淀为无言。即使风儿吹过，也只有微微的声响，似洞明世事的智者，惜字如金。仰望间，便心生感动，为那年年岁岁的静默以及阅尽古来繁华萧索的淡然。古树浓荫，下置几方木质的桌椅，色泽雅致、清幽。尚未落座，一缕淡香便入了怀。更令我心仪的，应是若水茶舍的名字，上善若水或许就是此地的茶语吧？抑或暗喻一种胸襟，若水无声，润天泽地，至柔至坚。也或许仅仅是一点禅意：人似流水去，难有相逢时。想到此，不由得红了眼眸。

　　泉水、涧水于此处定是不会少的。茶的清香中，自然会有些甘泉的味道。轻啜间，似听到泉水穿岩越壑的吟唱，化雪融冰，落石萦伤，一路而下。与其说品茶，不若说品一段或长或短的光阴，或荣或枯的岁月。由是，便浓了心情，淡了心事。

　　茶乃清绝之物，非等闲可品。当然，倒不是唯陆羽之才方可近茶，只是境有高低罢了。人说茶饮二道为真味，我倒觉得这一道品得虚净，二道品得丰盈，三道品得回味。细想，却也如了人生，入境时的空无一物，历练中的甘苦自知，回眸后的沉思淡然。如此，何不来盏清茶，于山间碧野品一品人生的风霜雪雨，悟罢，微笑着起身，离去。

　　沿路山峰，少有奇险，而小昆仑山却也多少有些孤峰万仞，绝壁千寻之感。虽非苍翠欲滴，倒是那层岩界处的绿色，勾勒出了山的质感，圆润处越发柔和，峭绝处更显凌厉。再看那一座，如书般层叠而起，而后似剑般斜倚云天。书剑峰，千丈立壁，儒雅却又恢宏。满天风云三尺剑，一庭花草半床书，想必山的名字与此句不相关吧？不过倒是希望人生或人性当如此，有剑锋的峥嵘，亦有书卷的辽阔。

绣岭烟溪，如铺陈的画卷。随之而去，自会听得无数的感叹与惊奇。看那飞瀑凌空垂落，溅珠如雨，喷石似烟。远望，又似晶帘挂壁，隔断了青嶂画屏。转念，莞尔一笑，此帘，风吹不断，月照还空，方为画卷中的神来之笔。美景无言，却是引了人的脚步。沿石阶而上，深邃曲折，途中碧苔青藓，更是衬了山的幽寂。沟壑处，便见桥横小木，崖接古藤。及至洞口，顿觉凉风习习，心脾劳顿荡然无存。掬水品来，清凉甘冽，心旷神怡。游人不绝，未曾入得洞内，胜景无缘。也好，留得一分怀想、两分惦念，似人生留白，余韵便也久远了。

斜阳下，凭栏远眺，村庄错落隐约，溪桥流水，堪诗堪画。细看竹篱犊卧，静听花间鸡鸣。云生陇，水满田，林中隐隐溪如弦。桑麻映道，桃李成蹊，谁又说此处不似桃花源呢？

下山时，极为缓慢，或许是流连的心情拖了脚步。飞泉下是有些幽冷的，四周也只有郁郁的松、冷冷的水以及过往的人。浮名浮利，定是不在此中的。仰望之下，倏然地想到伯牙子期、高山流水，弦断谁听的慨叹恐怕早已入了青涧白云，空邃为一段千古佳话。

燕山书院的风格，如名字一般，情调且雅致，木质的色泽、纹理，与湖光山色互为点缀，相得益彰。慵懒地靠在藤椅里，看鱼儿拖着日光游弋，将影子斜斜地抹在水底的碎石上。不远处，一丛芦苇，几点白鸭，映衬着蓝天碧水，恍惚间，错把此处作了江南。杯衔松影，壶中隐绿，倘若与挚友于此对酌，当是何等的惬意从容！

路边的画架旁围观者众多，但也有些人如我一般，深谙韵致本天成、丹青画不如之意，微笑着走过。

百里山水秀，风光入眼来。看千亩葵海，从金盏里流淌出有心倾日、无意随风的诗句；那亿万年的古痕硅木或许是曾经的杨柳渡、海棠川，不过是一份须要畅想的久远罢了；而乌龙峡谷的栈道，将伟岸奇绝，轻挂于指尖。

三四株溪边桃杏，七八处山水人家，别致的风情，足以为外人道。

隐隐飞桥隔野烟，石矶西畔问渔船。桃花尽日随流水，洞在清溪何处边？

放眼山水，我却笑而不答。

夏都冬雪

夏都冬雪，百媚千红外的情之所钟。

时序更迭，一夜西风。玉尘轻散，小城便渐渐地婉约起来。街巷旁的树木，似林花初放，粉萼琼蕊，颇有几分江南梅花的韵致。微风过处，便若花瓣一般，零零落落，满眼是细碎的风情。那些低矮的绿植，被雪薄薄地覆盖，白中隐青，如淡墨微痕，极易寻得一分雅致和三分清丽。雪下得久了，万物便是珠圆玉润的模样了。那些挂满了积雪的树枝，圆润细腻，温婉柔和；而那尖尖的屋顶，雪便随着瓦形，起伏错落，层层叠叠，舒缓安逸。三三两两踏雪的人们，于纯净的苍茫里，无惊无扰。不担心流年似水，也不担心转瞬白头，只想遇一番清澈，拥一怀简约。若是微雪天气，便可绿蚁新醅，就一束照人鬓发眉须的炉火，与友细品慢酌，高论豪情或闲说惨淡。亦可小窗闲坐，对一盏香茗，握一卷诗书，听那明眸皓齿女子浅吟低唱，唱李易安或者柳屯田……

夏都的冬天，空旷清寂。雪天，极适合行走。四顾无人的雪野，苍茫辽远。渐行中，似是不断逼近苍天。灵魂的纯粹与伧俗在浩荡的洁白中纷争对抗，内心便于瞬间升腾起一份庄严的感动。纷落的雪片，如季节里破茧而出的素蝶，于朔风的冷冽中，舞动一段生命的轮回和大美。瞬间想起那句"为嫌诗少幽燕气，故作冰天跃马行"，想必意境与向往当如眼前吧。

夏都的山很美，雪后尤甚。峭立的山峰，有如玉笋排列，柔和朗润；那些梯田，宛若叠放的银盘，玲珑有致。想这样的雪天，若是站在高山之巅，定当有一番别样的惊喜。

小城的雪，不紧不慢，不刚不柔，不浓不淡，是那种近乎儒家的温和敦厚。而山峦之上，景致却是大相径庭了。高山冷寒，那雪便是从云合且散，因风卷复斜，似飞花或残甲，弥漫在灰白的苍穹之下。此时，无所谓高山峡谷，无所谓天地树木，一切都笼罩在白色里。倏然地想起关西大汉，想起铜琵琶、铁绰板，想起苏轼的大江东去。喜欢雪，些许缘于景致，更多的是一种情怀。万物起落，都自有风骨。如雪，便是不折不让、不媚不从了。

雪渐渐地停下来，远山似玉龙静卧，沉寂无言。那些树木似清高隐逸的文士，有一种道家的绝俗，高贵而落寞。又恍若天地间宾朋满座，白衣胜雪，或与山风对弈，或笑看涛生云灭。待得云开雾散，阳光便将远方和旷野演绎成一幅水墨。以纵横交错的山脊为界，山峦被阴阳温差雕刻成黑白相间的色块，兼之似有还无的残雪隐约出的灰色，天地之间便似悬了一幅精巧细腻、棱角分明的刻版画，大气磅礴，韵致天成。

巍峨海陀，朝暮中霞冠罩顶，晴空下云带束腰。雪后的海陀，背衬湛蓝天空，庄严肃穆。若是傍晚时分，晚霞辉映白雪，遥望之下，洁白瑰丽，实在是难言的壮美。

冬雪研磨，诗画纷呈。夏都冬雪，有清疏，有磅礴，有雅致……

悠然心会，妙处难与君说！

山水情怀

红尘喧嚣，浮世扰攘，若能拥一怀山水，便可坐老时光。

一

塞北的山少有江南的空灵与飘逸，当然也不似桂林的山那般峭拔玲珑，但它们却有一种腾空而起的狂飙以及曲折萦回的内敛。

画廊的山，大多绵延俊美，远望如翠屏罗列，凝碧含烟。倘是山峦相隔，每一座又似削成的青玉，遗世而立，令得岚光两向，黛影中开。而画廊深处的小昆仑山却多少有些孤峰万仞，绝壁千寻之感。虽非苍翠欲滴，倒是那层岩界处的绿色，勾勒出了山的质感，圆润处越发柔和，峭绝处更显凌厉，有峥嵘亦有冲淡。我倒是颇崇尚如此般的人生——疏密有致，虚实相生。如此便能处得繁华喧嚣、清凉落寞，却又无惊无扰，无喜无悲。

松山，便是曲折萦回，深林藏秀。山中石径萦纡，两侧绿密红疏。偶有山鸟啼鸣，分外幽寂。渐至深处，可见古树参天，绿叶盘空之下，翠蔓蒙络，小径越发清远深邃了。途中的涧溪，或经石端披拂而下，卷水浮花；或积于巨石相拢的小潭，映一派山光树影，戏日光中几尾闲鱼。始终觉得松山之境满是闲的情致与逸的疏放，坐茂林观佳夕，临深涧听水鸣，或看碎岩飞瀑，溅珠如雨。当然，也可于静夜林中，看那轮曾经照亮诗仙宽大青衫，而今宵依旧斜挂在梢头的明月。若是与友同行，那不妨把酒或掬泉，临风对月。想必那些沉浮荣辱抑或进退悲伤，终究不会回澜拍岸，内心尽是清凉、宁静与淡泊。

二

四海，记忆深处的故乡小镇，夏日陌上，繁花如海。

那一川的浓酽便是万寿菊了。花田从路边绵延到山脚。怒放之时，浑如野火，恍若晴霞，铺陈在山野之中。万寿菊的花瓣层层叠叠地簇拥着，花朵无比繁旺。花茎不是很高，确有几分坚实，若轻风拂过，花朵便在云影里轻颤不已，荡漾而出少有的妩媚与娇羞。一夜风雨，不少的花茎折俯在田地里，花朵却依旧清新明丽。总觉得它有些菊的风骨，不畏严寒贫瘠，兀自盛放。那种刚烈耿直，即使面对疾风骤雨，也终究不会有丝毫的权宜与苟且。

秋英，一朵开在岁月的闲花，落红尽处，不求绚烂至极的繁华，只有一份恬淡清宁。如此，我便尤其的喜欢了。那袅娜纤长的花茎，于微风中摇曳出轻灵、绰约。即使成片的花朵，也依然不失纤婉、旷远和清丽。秋英的细弱与淡雅，总让人想到纤尘不染。修颀的身姿轻摆于澄澈的碧空之下，温婉绵柔。一阵微风吹过，细叶婆娑，花瓣零落。而那花茎，却是柔而不软，挺而不脆，俯仰间，怡然自得。我多少是有些景仰它的，或仰天一啸，或俯身一溺，无荣辱成败，无名缰利锁，处缤纷而不迷乱，遇落寞而不寒凉。那种简约的风情弥漫在旷野，灵魂或驰骋，或徐行，便可任由心性了。

携一份布衣的恬淡，我们终有一天会恰逢花开。

于花海中漫步，优雅散淡，不惹匆促。岁月依然在沙漏中流转，但喧嚣却已悄然退场。看陌上风起，听百鸟相和，似品一盏清酒，溢满相遇落崖惊风时的淡定与人生千回百转后的从容。

三

茫茫红尘，浩浩风烟，钢筋水泥的丛林、攘攘冠盖的穿梭，田园却终究未曾相忘于世，总在山遥水远的奔波中欣然相见，想来应是一种不舍。

故乡便是时光深处那片最美的田园与心灵归依。

远山苍茫起伏，田野绿意葱茏。黛瓦白墙，木叶围村，庭院便掩映在花草丛中。几条幽深的小径，点点青苔，点点落红，穿过街巷，从屋前一直蜿蜒到山脚，弥漫在乱花阵里。院外人耕绿野，庭前紫燕衔泥，一派桃源印象。傍晚时分，落日斜阳，循着萦纡山路归来的童子，渐入柴门，隐去。清风明月里，农夫荷锄而归，那轮明月便悄然地斜倚在锄头，牵着几缕纤细的云丝，安然静谧。夜色清凉如水，朦胧的窗子，染了点点橘黄，内心便有温暖的情愫氤氲而出。仰望间，疏星几点，缀在河汉。如此安静的村庄，守着一隅安好。瞬间想起顾城的诗：草在结它的籽，风在摇它的叶，我们站着，不说话，就十分美好。

谁又肯在这样的时光里虚度？村头古树的那口老钟早已不在，可掠过的风，裹挟着记忆的钟声，再度敲乱一个游子的愁怀。那一段斑驳的老墙根处，厚厚的苔藓堆积起似水流年的痕迹与沧桑。而那座残破的老戏台，依旧萦回着曲终人散的落寞与人世悲欢，且被思念打磨得无比光鲜。我在时光里打坐，根本忘记思索第一次相逢与最后一次相别。

田园，似一阕小令，简洁干净，清冷悦耳，无致人厌。离开之时，不由回眸，而那一眼，便是独白。

尽管我们念念不忘，时光依旧渐行渐远。只有那一阕山水，许了我们千秋不离与一世情长。

再见，时光

二〇一四年，小城无雪。时至岁末，思绪并不似空气那般干涩，倒似潮涌，澎湃不息。窗外古木号风，我却终究不知道风从哪里来，又到哪里去，好像时光也是如此。

人生岁月，大抵悲喜交加。也好，一切若是亘古明媚或阴雨，当是少了回味和珍惜。

一

一个有忧伤情结的人，是否在回忆和眺望时总是最先想到离别？对我来说，这似乎是无可救药的事。无妨，人生一直在离别中，与一处风景或一个人，当然，还有这时光。

人说清秋相送，情何以堪？那个夏末，尚有花团锦簇，亲人却走了。那天，花儿鲜亮的有些刺眼，阳光通透的有些不解风情。倒是那夜，大雨滂沱，忧伤满地。我清楚地知道，日后所有的雨夜，都将成为我想念你最清雅的借口。

暗夜的想念里，你的音容笑貌之外，我总是心生感激。年华的轮转，却终究没有想到是你最先相伴我离世的父母。墓地距离村落很近，能看到家的炊烟和我归来时的遥望。

来年，你的坟上便会长出青草，那些岁月的胡须覆盖着时光。我相信如果记得，便是相濡以沫，无论人间天上。

梅花开，雪花竭；春风起，秋雨落。时光最终会离开，纵有千般不舍和挽留。日出日落，花开雪乱，都是光阴逝去时最惊人的告白。时光在人生里越来越瘦，人生在尘世中渐行渐远。不是吗？曾经相逢的街口，依旧车水马龙，却早已物是人非。既然花开有时，那么一切相遇当是都有期限的吧？想必，轮回永远是我们参不透的玄机。倏然醒悟，随缘乃无奈之高境，荣枯不乱，离合不惊。而我，终究不是那个静看陌上风起，浅笑安然的玲珑女子，眼底眉梢自是少不得那些许的落寞和悲凉。其实，这半随流水、半入尘埃的俗世，又有谁真的活在云水禅心呢？

二

从来觉得信仰很神圣，便远远地敬畏着。人在俗世，一颗凡心，终归无法剔除大愿或寄托。我拜过庙——承德大佛寺和故乡的关公庙，自知修佛参禅非我这般悟性所能为，偶尔一字顿悟，便是大幸之事。拜佛于我，情怀倒也澄澈。那合十的手掌里，一个很纯粹的诉求，淡淡地说给佛听，也说给自己听。有时诉说是一种安慰，有着尘埃落定的清凉与美好。历经红尘凡事，早知得失并行，自然也不会执取。我多少有些喜欢佛门净地，驻足其中，总会少些贪婪之念。大佛寺多香火，而故乡的小庙很清冷，但我一样喜欢。若是心中有佛，自是殿无高低大小，佛无远近尊卑。况且，一切皆为虚相，如若心意诚恳，荒山野道边的佛龛与金光琉璃的宝殿又有什么不同呢？总感觉那些奔波寻庙的人，因为执迷于万象之表，心性便离佛越来越远了。如我，若是入得佛门净地，因悟让自己少些贪嗔痴妄，那当是我求来的最大福祉吧。

三

是不是苍老的年华都喜欢怀念？比如怀念一个人、一座山或者一段时光？我喜欢那条山路，总感觉那里面有曾经遗落光阴，或苍翠或妖娆。去那座山走走，也是我几年来一直怀有的夙愿。想看看那些树，那些花草，当然更想感受曾经掠过父亲鬓发眉梢的那缕风。

山路上少有荒芜的杂草，一如我对它的记忆，明朗清丽。路旁的树，繁茂或枯朽都那般谙熟和深情。想那棵枯朽的树，年轮里应有我路过时的容颜和脚步，轻轻拂去岁月的尘土，往事清晰可辨。忽然就怀念起儿时来，多好，手里有大把的时光！又哪里像现在，时光似挂于睫毛的露珠，眨眨眼就滑落了……

　　大多时不喜欢自己的性情，即便可为之事，也碍于种种，压在心底，比如一声呼喊。站在父亲曾经站立的山顶，我多么想让父亲知道我来过。但那一句，终究没有出口。只是默默地望向远方，望向那条父亲曾经遥望的山路。路上，有我们苍翠的年华和父亲深沉的爱。低头，路旁有清丽淡雅的小花。摘一朵，别在发间，让那些记忆陪我从青丝到白发，从花开到花残。

四

　　很无奈，有些故事，在天涯。明知道没有谁可以等我到地老天荒，却那样执着地在青灯照壁、冷雨敲窗的夜里，将你与那斑驳的灯影重叠，远近明暗之间，便会忽然落下泪来。你曾陪我走过一段冷暖交织的光阴，可我想，我想陪你老却天涯。那些往事或许你永远记得，或许你从未想起，但它始终在岁月的一端深情微笑。于是，那种无法触及天涯的忧伤也便在这抹深情里渐次地清和柔软，直至过尽千帆，我可以从容地笑对斜晖。

　　曾经风花雪月的流年，如今风烟俱散。记忆静卧在角落，那些往事已是蛛网蒙尘。我之所以绝口不提，是我不喜欢透过泪眼看曾经的繁华，那种美，心惊却也绝望。不过，若君诸事安康，若君得偿所想，即使山河变迁，也与我毫无瓜葛了。

五

　　我喜欢一支素笔，一盏清茶的时光，可以写曾经的苍翠年华和鲜衣怒马,也可以写灞桥柳色和槛外菊花。总觉得只有在文字里,才可以温一壶月光下酒,拈二两清风烹茶。于是,便时常躲在文字里,任凭红尘扰攘,我的内心却始终一条青苔小路,路旁开着淡淡的野花。

连自己都不清楚,到底是怎样的心性,让那些瑰丽的片段,在落墨的瞬间,成了一剪月光的清凉。文字里那些似有若无的心事,便也如隔岸烟火、雾中之花般朦胧幽远。我喜欢静水流深,那种安然清浅的表象下,有着怎样生动的年华。

那些文字,只是写给我的岁月。你若懂得,那当是一段红尘因缘,我没有不欢喜的理由。至此,我倒是不再抱怨红尘纷杂,却是心怀感恩。唯有喧嚣之处,才会生出追求宁静的智慧吧。

总是喜欢安坐在雕花的窗前,看细雨蒙蒙,柳丝低垂。或是寻一间清幽淡雅的茶室,在茶香的氤氲里,品一幅泼墨的山水,看那些往事渐次隐去,隐在墨色深处,清美至极。或许我的一生都只喜欢月在天心或风来水面的清宁吧。

喜欢一个人静静地度过时光。很少出去,怕是看清尘世钢筋水泥那冷漠的质地。也很少看夕阳,怕是看穿那橘红色背后的惨烈。只要喜欢,便好了,又何必深究是青山长河还是风华耀目。

红尘路上,我无心仕途,因为我不想自尊在那里阵亡。从来没有太多奢求,所得俸禄,若可以奉父母、养家小、济亲友、宴宾朋、偶作远游,便足矣。

二〇一四年将永远离去,夜色里,我与时光道别。

岁月花开

初春的午后，有一种远年的安静。便喜欢沉潜，只为遇见那些温暖、欢喜和懂得。

一

我一生的千般美丽中，有一半与故乡有关。

故乡的初春，田野里满是泥土和青草的味道。任凭光阴流转，依然是那种谙熟与温暖。我便尤其喜欢在田埂间呼吸与行走。看小草破土，看那片青菜地里的身影以及山路上缓缓前行的驴车。再听那持鞭人的一记响鞭，鞭梢之上，便是那座微微泛青的山峦。因与褐色相间，山便颇有几分空旷和清雅的意味。久久地站立在淳美和静谧之中，那感觉，令我心安。

记忆里，故乡的山与时间一样古老。而我最喜欢在山上看故乡的傍晚。田地间农忙的剪影，背衬着斜阳。那种墨色与黄晕的光泽，瞬间宁静了山川。那似乎是一种哲学式的宁静，另一端是澎湃与动容。那个时候，当是心可无缺的吧？村落的上空，炊烟交织着暮霭，浮在山峦之间，颇似浅墨中的一笔飞白，浑朴却不失灵动。一只春鸟鸣叫着，拖着一抹斜阳和一点青色掠过我的头顶，朝远方飞去……

初春之时，山色总有些斑驳和暗淡。或许是性情，我却偏偏喜欢这种沧桑与凝重。尤其是残照之下，感觉山的孤然耸峙与淡定，品味它们在大自然最枯燥无情的广阔里，安守着怎样的沉默与谦逊。忽然想起儿时看到落花的心动，那一瞬间，自以为读懂了沧桑。其实，真正的沧桑是一种与世相容又相弃的静默。

院中有株桃花，微雨暖风，半开半落。或素颊，或红腮，儿时只道那是十分春色。渐长，便会在桃花盛开时节，忆起那个灿若春花的少年和那场离别。红尘喧嚣里，有多少丰盈流转的眼波，被浩浩风烟吹散，回首时，那个人早已在目不能及的遥远处。而那场人面桃花的相逢，却有着一种简约的深情，历经岁月，不染尘泥。或许那真是一段未能相濡以沫的爱情，只是隔了远水长天，便成了蛾眉里暗藏的心事，欲说还休。我喜欢用文字勾勒曾经，文字中有你的微笑，念着就很温暖。

不知何时，开始向往那种瓦屋三间，面山而居，飘雪或下雨时，透过芦梗卷成的帘子看风听雨的生活。可那些，正是我曾经的日子，也是我再也回不去的幸福。只是很多时候，我依然那么执拗地躲在意念里的青苍深处，任它花开花落，我只看巷口斜阳。

二

思绪应是万物之一吧？不然怎么也会在春天醒来？

那年，与朋友们匆匆告别，只是唯恐哪句话让自己泪流满面。纵有千般不舍，也都藏在佯装的坚强里。总觉得时光是一把利刃，那段友情，在时间的荒流里，终将成为一朵苍凉羸弱的花，轻摇在记忆的废墟上。

在时光里静默前行了许久，回头时，却发现你们还在。别时不送，来时相迎，我倒也喜欢。如此，便会多一分喜悦，少一分愁伤。那晚，一处灯火，一盏时光。说起那些风狂雨骤，晚来风急的日子，我都只有微笑。想来，若无你们相陪，我会少了许多平静与优雅。人说时间能将情意腌制成寡淡的味道，而我们，依旧是当初的浓烈与欢喜。忽然觉得，想念是一种铅华，而语渐疏、情意甚厚才是内心最执着的守望。人生长河，两岸风光，左岸霜雪，右岸繁花。冷暖得失，想来都是一场修行。

朋友发来图文，有句话大抵如此：要么健身，要么读书，身体和灵魂，必须有一个在路上。而我的懒散，几乎是众所周知。想必朋友的文字，也是意味深长的吧。

有人说华夏之大，早已安放不下一张宁静的书桌。始终都觉得宁静只在内心，否则即使花木深处或禅房之中，也难得此境。

想那些博学的人，当有着怎样宁静的心？任流星划过黛色晴空，任细雨飘过绿色原野，任秋雁飞过金色夕阳，他们都能安居一室，看尽时光深处的落寞繁华。人的一切选择，究其实，最终都是心性的选择。陶渊明的南山与林和靖的梅花，都是精神家园，不过归属了不同的人罢了。如我，便大多喜欢杏花雨、秦楼月间纤丽的情致以及杨柳岸、长亭道上淡淡的忧伤。时光飞逝间，一轮甲子，呼啸而过。如此，一卷风烟也好，半卷闲情也罢，只要丰饶了岁月，又何必在意是惆怅还是清欢？

三

走着走着，花就开了。岁月和人生都会如此。

很多时候都觉得自己是一个挨时间的人，眉宇间总有一丝茫然。偶尔手持一卷，翻看一段折叠的光阴。或许是心性太过清淡，灵魂便真的一直在路上了。而路途之中，只有浓荫花落，以及穿过旷野的声声马蹄。从未想过煮字疗饥，但却喜欢执笔取暖。那种时光渐远的悲情与岁月花开的惊喜都是俗世的我与灵魂的相遇。

时光与灵魂，总有荒芜与斑斓。风卷流云，遇见便好。

流年情深

流年情深，我终究做不到微笑着看光阴老去，那些试图不再念及的过往，总会在街角或灯光下相遇。时光深处的某个故事或某个人，便那样轻而易举地被想起。

一

我有故乡情结，这是我很久以前就知道的。故乡的一切，我都喜欢，那些花草树木和春风秋雨。

去村西那座山走走，是我早有的愿望。恰逢五月，情怀更是似春草般蓬勃饱满，当是最合时宜。

山，依旧是记忆里苍翠的模样。山脚下的农田，有些小苗已然破土。有嫩绿，有鹅黄，娇娇柔柔、羞羞怯怯。我忽然想起那道长满山韭菜的小田埂，不知是否一如儿时那般繁盛。轻轻地走过去，生怕惊扰了数十载光阴里那缕幽微清澈的芳香。远远便看到那一片翠绿、纤细、挺拔……我和它们就那样久久地、静静地相望，不言不语，宁谧而深情。我终究没有去触碰它们，如同我不敢触碰内心中那段记忆一样。因为我知道，那时我会落下泪来。

山路上，大多是细碎的石子。光阴流转，雨雪风霜，不知是否是儿时的那一颗或那一片？但我却依旧能感觉到父亲走过时所留下的温暖。

岁月刀锋般的凌厉，想着三十年的光阴，当是让曾经的一切犹如过水之风，了然无痕。可当我走进大山，便看到那些过往或摇曳在枝头，或盛放在花丛。记忆中的那棵树或那块石，隐约可辨。拂去岁月的尘土，我似是看到了我们以及它们那段正好的风华。微笑着伸出手，触碰那些枝枝叶叶，总感觉他们的颜色或颤动都可以通灵内心。草木的年华与我们的年华都已老去，那段情意却被光阴和风雨沉淀为厚重与相惜。

岁月的阡陌，繁花似锦，可我只想念这座山，因为父亲曾那般深情地站立过。小时的冬天，每天放学，姐妹几个便背起篓子，翻山越岭地去找父亲。父亲也都会在每个午休间歇，砸一些枯朽的树根儿存放着，等我们前来，装满筐篓背回家去。可那时，父亲还没有到收工的时候。回家的路上，我们不经意的一个回头，便看到父亲。他站在那座山上，背对着斜阳，感觉到我们看他，便久久地挥着手。那幅剪影，悬挂在隆冬的苍穹之下。我终于明白：我习惯了故乡的寒冷，不过是习惯了在这个季节去想念一个人罢了。

我喜欢情结这两个字，始终觉得那里面有着某种向往或寄托，时而强烈，时而毫无意识，却那样根深蒂固。一如不经意间想起的那座山、那棵树或那个人，感觉很美好。

二

佛有云：由爱故生忧，由爱故生怖，若离于爱者，无忧亦无怖。因为有爱，我始终做不到心无挂碍地睡去和心无所求地醒来。

村西的山上，有座关公庙，我曾去过两次，一次为母亲，一次为女儿。

通往庙的小路，尽管稍显陡峭，却非怪石嶙峋，多是些细碎的沙石，倒也好走。小路两旁，杂乱地长着一些不知名的野花，倔强而奔放。那个瞬间，忽然想起了我年少的青春。大约三五分钟的工夫，便可从山脚抵达山顶。站在山顶向东，小村的景色尽在眼底。那个清晨，有细雨，有薄雾，还有炊烟，村庄淡墨写意一般，朦胧、幽远。

小庙就在山顶上，坐北朝南。庙不大，两人还好，若是三人，便会稍嫌逼仄拥挤。庙里陈列简单，除了台案香炉，再无其他。

我喜欢看一炷香燃起的袅袅青烟，动静相偕，炎凉轮转，心便会瞬间沉静下来。想红尘紫陌，熙熙攘攘，最终都抵不过流年温暖，岁月静好，又何必诉求三千繁华？

透过那缕青烟，我深切地感受到父母之于儿女的那种不舍、不甘和无可替代的深情。

我总是喜欢将很浓重的东西诉说得很清浅，对在外求学的小女，我也只是淡淡地说：凡事尽力就好，只要对得起期待、对得起时光，更对得起回忆和未来。

岁月从不曾厚与谁，也不曾薄与谁，若是哪天站在时光的转弯处，你或者我，看着身后长长的影子，而没有忧伤，那应是很骄傲的事情吧。

三

总觉得时光还多，路还长，转身便可握到那双手。却不知，世事难料，一切在瞬间风流云散。

亲人就在那个雨夜走了，走的悄无声息。我只是深深地看了她一眼，便仓皇地逃走。这一眼足以铭记一个人，何况还有将近三十年光阴的雕琢，我想，我定是不会忘记的！如果有爱，思念便会顺理成章。我去过她的墓地，带着一束菊花和十分想念。我喜欢和她说说过去，说说年华，也说说她留给我的无奈与心酸。我不知道，是否生命累了，便会归于净土，我只是沉浸在那抹浅笑和那缕香炊里不能自已。尽管我知道，很多事情犹如天气，会慢慢热或者渐渐冷。但我始终希望，每个季节，她都在场。

总有些时光让人猝不及防，那天，老先生也走了。那夜，月光如水。

但凡博学之人，必有好学之性，永川先生便是如此。我于先生的才学，当是穷其一生，也难望其项背。但先生依旧能平心阅读我那些细碎且散乱的文字，令我动容。由此我想，我对先生如仰望高山，亦不全是博学所致，还有他如高山一般不拒泥土的胸怀。

一纸红尘淡，先生的情怀应是远在喧嚣之外。那般熙熙攘攘，那些利禄功名，早已伴着三更斜月，被先生挥毫闲吟成平仄相间的辞章。对先生的诗文，想来今生都不敢妄评一言。喜欢，是我对先生诗文唯一的诠释。

知道先生喜酒好诗，便斗胆写下：酒中下笔，笔润妫川千山水；梦里占辞，辞咏盛世几春秋。

愈怀念，愈感伤。那么，让我们天堂人间，各自安好吧。

四

盛大士《溪山卧游录》中说：凡人多熟一分世故，即多一分机智。多一分机智，即少却一分高雅。我尚不世故，也无机智，只是未达高雅，唯有几分清淡罢了。

人说最好的文章里，应该有一个生命。而我的文字与我的心性那般相似，从来清淡如水。说来，我尤其喜欢那山涧水，至情至性，既不显露，也不隐藏，只是清清淡淡地兀自流淌。

白马入芦花，银碗里盛雪，是佛之高境，我自是无能参透。但我却那么喜欢此中非凡的清宁与纯净。若是有人问我，文字里是不是有许多心事？我只会笑而不答。世间百媚千红，无须我再添一笔缭乱。我只是喜欢将生命的某个旅程，安放在素淡的文字里，那段旅程或许空无一人，或许冰天雪地，也或许繁花似锦，我都不会深究或沉潜，只要那段思绪不再颠沛流离。

尘世纷杂，简单是一道法门，走过，便会云淡风轻。我很喜欢身居一处老旧的庭院，布衣素食，低眉静守这俗世烟火，不问风从哪里来，又到哪里去。当然，也不问时光。只想看着野雀东张西望地啄食着地上细碎的米粟，我笑得像孩子一样……

这时光，有多好！

情致光阴

曾和友人说：很向往松花酿酒，春水煎茶的日子，总感觉那是一段身处红尘市井之中，魂却在熙来攘往之外的浅慢光阴，安适娴雅，颇有情致。

南北朝文学家刘义庆《世说新语》中有云："其夜清风朗月，闻江渚间估客船上有咏诗声，甚有情致。"其实情致不过一种情怀和心境罢了。那种"竹杖芒鞋轻胜马"的洒脱与"闲敲棋子落灯花"的清宁，也多是如此了。

一

那个午后，在故乡相遇一场微雨。心无雀跃，亦无阴沉，只是觉得这雨自然的来，而我又恰好遇到，便撑了一把素花雨伞出了家门。沿着幽亮的青石板路，不急不缓，走走停停。那个长满青苔的墙角以及那段爬满青藤的屋檐，有种清凉的沉静，瞬间隔绝了俗世千千。沧桑似乎不再那么冷冽，倒生出几分温雅与慈悲来。

那天，走着走着，竟然想到了江南，想到了粉墙黛瓦、烟雨楼台，想到了断桥、枫桥、乌衣巷，以及二十四桥的明月……直到被邻里喊了名字，才回过神来。

情致是微雨漫步，是独钓寒江，是一丛浓淡相宜、疏密有致的春草，或者几片黄绿相间、将落未落的秋叶。更或者仅仅是闲暇时候，扎上围裙，哼着小曲，洗几棵嫩绿的青葱，切成匀称的小段儿，然后将颤巍巍的豆腐慢慢地切成条儿或丁儿，轻轻地放在玻璃碗中，撒上几粒盐花……凝眸间，似是梨花院落，月白风清。

二

大多人喜欢那种浩荡或澎湃的日子，脚步匆匆而来，日影如飞而去。满怀功名，一脸粉墨，不觉间失了风雅，又哪里能看到水寒江静，月明星疏？

或许是内心清冷的缘故，便从不会轻易爱上一段时光，亦不轻易辜负一段时光。偏好月色，无非是觉得一缕月光，便可抵得过十年尘梦罢。

在如霜的月色里行走，便想着这月是从清莲而来，在李白客居小栈的飞檐下轻轻滑落。月光如海，相思如海。那夜，他再没有睡去，直到东方泛白。

我更钟情故乡的月色。梨花院落，野草池塘，流萤飞舞，翠鸟啼鸣，已然是清幽之境。若是衬着那扇雕花的旧窗，看清辉铺洒在瓦楞或小巷，时光便越发的萧疏宁静。像极了一个豆蔻年华的女子，松松地绾着一头长发，别在发间的月白瓷簪，清丽皎洁。光阴便也似了出得清水的芙蓉，质朴沉静，清明简然。

情致更是那个初秋的夜晚，院落里一张小几，几个小凳，木质的纹理被光阴打磨得明亮清晰。几上一壶茶，空中一轮月，周围是篱笆和小野菊。着一件蜡染小衫，穿一双软底布鞋，踩着细碎的月光，提着裙摆，和孩子们蹑手蹑脚地在院子的角落里捉蟋蟀，然后小心翼翼地放进那个编织精致的草笼，挂在院子的瓜棚下……

情致可以是举杯邀明月，可以是酒醒于杨柳岸边，也可以只是手捧一卷古书，看到那句"月下东邻吹箫"，便能听到清音袅袅传来的怀想。月色，总让人那么喜欢。

三

曾去过丽江，屋宇简约，空灵俊秀，小巷临渠，典雅古朴。亭台桥侧，有闲闲绽放的野草野花，落照里，却又是半街灯火半街霞。而那里的门店或小铺，也大多是一半生意一半情怀。有传奇的普洱，有古老的东巴，还有店主那不急不缓的问候和浅笑。那是一个很有情致的小镇，但它终究胜不过故乡。

母亲曾在小院里种了许多凤仙花，每年六月，白色、粉色、红色、紫色的花便陆续地开了。每当此时，家姊都会找一些小的瓶瓶罐罐清洗干净，倒扣晾干。再采摘各色花朵，分放在干净的器皿中捣碎，用纱布包裹，挤出鲜艳的花水来。然后喊来好友或姐妹，选了自己喜欢的颜色，用自制的棉签蘸上花水，一点一点涂抹在指甲上。那姿态极美，那心，更是极其欢喜。

说起母亲，便想起那个窗明几净的午后，日光柔和慵懒，风从窗口吹进来，轻轻淡淡。墙上的老式挂钟，嘀嗒嘀嗒地响着，娴静、清喜。而母亲正坐在炕上，为那双虎头鞋绣上虎眼。针脚细碎，美也细碎。

庭院长满花草，安静地坐在台阶上，忽然发觉：岁月大抵如此，而一颗清散、从容的心，却能让时光美到倾城。

光阴故事

窗外花木很深,可立秋一过,这风终究要被唤作秋风了。

衣橱里的夏装一叠叠整齐地摆放着,颇似初春时才收拾出来的模样儿。轻抚之下,掌心有些微凉。大多衣服尚未沾身,这夏居然就过去了,且兀自而匆忙。除了窗外的绿色,记忆里的日子有些兵荒马乱,恍若一切都不曾走近,亦不曾远离。

终究是那种有着三分疏离的女子,连衣服的色泽都有着绝于纷争与喧嚣的况味。那些衣服的色调极暗,让人一看便顿觉几分寡淡与寂寞了。朋友曾说:"当一个人年华老去,便会忽然喜欢上有质感的亮色。"乍听,不觉莞尔:"如此说来,我应还是青葱岁月,否则怎么会依然选择用暗色来包容青春的张扬?"话音落处,自是那种不约而同的笑了。欣喜自然是有的,不过,人生终是不经流年,无论多么妖娆,却也抵不过四季流转,一如繁华春日,终究是要度到秋天的。树犹如此,人何以堪?如此,衣服、青春与衰老一说,亦不过人们信口而已,算不得数的。不过,即便真真的寂寞和寥落,只要喜欢,一样风生水起。

始终以为那些衣服是有光阴的,那年春日以及这个尚未走远的夏天都隐约在衣服的襟领和袖口间。而那条藏蓝色的麻布长裙上,当是有着那年中秋的月色和一点点月饼的余味吧?闲来抚弄,亦不过是想在衣服间寻一些旧年时光,尘俗或者清喜,其实都好。

这个夏天,故乡的老屋没了。

老屋的院子里,有一方用篱栅围拢起的园子。每到夏天,篱栅上便爬满牵牛花,白色、玫红和淡紫。而我是尤其喜欢那淡紫色的,白色太过素洁,而玫红又太过浓酽,阳光里,越发觉得浓得有些化不开了。似乎只有那淡紫色才和故乡的青山秀水以及老屋的木质窗棂最是相宜。小时从篱栅旁走过,手便随着行走轻划过每一朵花。可次日,那些花竟零落一地,蔫蔫的、无声无息。那种孤独，着实有些触目惊心。后来我知道，其实孤独的并不是那些花儿，而是我的心吧。从此的每个花季，我再没有触碰过它们，只是很欣喜地看着，不远亦不近。原来，与年华一起成长的，还有这份怜香惜玉的情怀。

院外是一条狭长逼仄的胡同儿。记得初中时候，周末和暑假都要在这条胡同儿里坐断一整天光阴。也就是那个时候，我学会了女红。古时女子，发髻簪红，兰花指翘，于雕花镂云的窗下，纤丽优雅地穿针度线。而我们的女红，不过是一种挣钱的营生与生活的无奈罢了。每到傍晚，那般腰酸背痛，手指生疼，自是毫无风情与优雅可言的。其实，人在没有波澜的生活里是看不到命运的，又有谁知道如我们这般的贤淑安雅却是最悲情、最苍凉的一种呢？我越发怀念母亲了，怀念她那份遵从宿命的冷静与安宁，以及困苦中的坚强与博怀。

即便再冷僻的陋巷荒陌，因为有着温暖的记忆，也会顿觉稳妥贴心了。始终喜欢这胡同儿，大抵也是如此吧，尽管青苔和疯长的草都寂静无声。

久被光阴浸染，老屋的墙便成了那种怀旧颓废的烟熏色，透着质朴与凝重。记得那面西墙上曾有哥哥歪歪扭扭的粉笔字：记得放水。母亲告诉我，那是哥哥在蒸白薯的时候怕忘记在锅里放水而写下的，那时他只有十岁出头。从此便总觉得那几个字有些寂寞感，尽管我不知道一个孩子的寂寞是否会在蹦蹦跳跳的往来中被抖搂出去。老屋里有几个柜子，原本是那种朱红色的，然光阴流转，那色泽也是越来越暗了。打开老屋的灯，黄晕的光便会立刻洒满角角落落，柜子上自然也满是了，幽幽的、暖暖的，美得直抵内心。当然我更知道，那美，略微带了点忧伤。

我去老屋那天，是个傍晚，老屋斜倚夕阳。哥哥说他最近总是失眠，我沉默地低着头。他的心思我自是知道，无非是舍不得这老屋罢了，况且又有谁舍得呢？许多东西一旦去了，就再也回不来。

次日，老屋被拆掉了，只是院门还在。残垣断壁时节，我定是不会再去的。只怕那扇门里，早已不着旧时痕迹，哪怕丝丝毫毫。这般伤感，又何必去自寻呢？

须臾花开，霎时雪乱，该散去的终究散去了。如这老屋，我一直以为只要我在，哪怕它结网罗雀，我们亦会彼此相安，只是从未曾预料这中途离别。想来人生的一路行走一路怀念，也是一场必不可少的修行吧！

总觉得自己是负了这夏季光阴的，从春林初盛至花开了了，我似乎毫无作为。柔软的丽江以及烟雨西塘不知被我搁置在哪一段光阴里了。也好，留点念想，用来聊慰时光吧。不曾旅行，也不曾读书，身体和灵魂都没有在路上，这个夏季真真的有些狼狈不堪了。好在，我于居室养了几株绿植，活泼泼、浓郁郁，让人很是欢喜。

始终是喜欢花草的，一直觉得一个喜欢花草的女人，内心当不会寸草不生，肯定有着诸如柔软、怜惜、细腻的情怀存在。只是那一年生生地将几盆繁盛的仙客来养得归了泥土，从此便再不曾动过心思。如今的几盆绿植，倒似颇体恤我的心思和焦虑，长得万般生动。起初，生怕照顾的不够细微，便不时上前察看或抚弄，内心也总是惶惶不安。那日，他说："尽心便好，若总是这般惊心度日，自是少了些情趣的。"这话说得极好，甚是清凉。

朋友外出归来，带茶给我。茶筒上那些粗细相间、若有若无的淡绿色条纹，似遥山远水，意境颇深。茶筒中间是一圆形图案，淡墨的底色，上有两字：尚善。真真的心仪耐读，除了这字，还有朋友！

想来，这光阴也是没有辜负我的。

岁月里的草药香

一

老屋院落南边,曾有一片紫苏。亭亭的秆,椭圆的叶,淡紫色的小花,静谧安然。衬着邻家屋墙和斑驳的日影,多了几分洁净的古意。偶尔有风吹来,叶片下的那抹淡紫便会缓缓地露出,转而隐去,矜持而寂寥。

紫苏的名字,透着文雅,念在口中,顿觉清疏古朴,似有草木幽香流于唇齿。因家姊熏染,很早便知道紫苏是味中药。邻里偶有咳嗽气喘,家姊常用紫苏、伍杏仁和前胡熬了汤端去,饮服几日,病者宁是气顺思食了。

大凡草药的出处都是有些意境的。或是出自深山,或是出自阡陌,也或者出自水湄。至此,似见一清癯老者,白发须髯,荆筐在背,隐约在云林深处,又似见《诗经》里的葛衣女子,挎着竹篮,三三两两,歌声清越,笑语盈盈,于陌上且歌且舞,左右采之。

我采药的时候,还是青春年少,那时春暖花开,只是岁月有些窘困凉薄。

记忆里,山上柴胡并不多,加之根茎偏细,有时跑上一天,也未必能挖到半筐。倒是那苍术,挖起来容易,只是到了卖药的时候,却又很难卖上好价钱。

柴胡的名字,总会让我想到关东大汉,皮肤黝黑,络腮的胡须有些杂乱,不浮躁,亦不张扬,是那种呼唤之下,便安心落脚的人。细想,倒是和柴胡的特质颇有几分相似。生在山谷,隐于杂草树木之间,无华美风姿,亦无诱人香气,一旦为药,却也不惧艰辛。

喜欢草药,也喜欢那些草药的名字。

芍药亦是一味中药,苦酸、微寒、归肝经。对面公园内,便有一处芍药园,盛放时节,天天艳艳。倏然想到憨态可掬的史湘云,想到零落的花瓣以及那把被花瓣轻轻掩着的扇子。

还有半夏，轻呼时，便觉得它像极了碧钗罗裙的女子，清清素素，从神农的百草中缓缓而来。然后静默地坐在夕阳里，看暮色微凉，草儿生长。而那一味北重楼，恐很难不想起李清照，想起满地黄花和晚来风急，想起那点点滴滴的雨以及那一处相思和两处闲愁。

二

儿时，家里有些自采的草药，放在一个古朴简约的陶罐里，静默地置于雕花的红漆柜上。而今想来，那里面盛着本草，也盛着风霜雪雨、阳光月色以及虫鸣。于我的多思善怀，还应有一分忧伤和三分深情吧？对岁月以及生命。

公公的中药铺，开在城南的一条小巷子里。院子不大，没有绿藤架和乌木桌，更没有青花瓷。只有老先生和一个占了半面墙的药柜。柜子是暗黄色的，隐隐地泛着幽幽的光泽。每个抽屉面上，都有小楷书写的草药名字。字体苍劲端庄，古意盎然，衬了这草药的香气，更显妥帖舒适，内心顿觉安生了许多。

那些寻常日子用得最多的草药，大多放在临手的抽屉里。稍高抽屉盛放的多是些不常用或贵重的草药了。一如舞台上的老戏骨，是唱大戏的角儿。不知那些寻常草药是不是青衣，只是想起了那首《青衣谣》，那句"天明鉴，此情虽万死也难销"的悲壮，与之颇为相得益彰。

而今的草药，大多是些草药颗粒或熬好的汤水，被封装在透明的袋子里。曾经那种用古旧草纸或麻纸包裹着的精致光阴，早已寻不见了。

三

我依旧记得那个夕阳斜坠的傍晚，光影从碎花帘布的缝隙间透过来。

炉火上坐着砂锅，一缕缕热气和着草药的味道在房间里弥漫。红楼梦里曾说宝玉为晴雯煎药，用的是银吊子。总觉得用它衬这山水之物，终究少了几分清雅和浑然之感。说起来，亦是不喜欢那个"煎"字的。草药生于空山幽谷，食霜饮露，恬淡安静，再经日晒风吹，成了苍颜瘦骨。这样的身世，一个"煎"字略显轻薄了些。

家姊极懂火候儿，她说清水浸泡、文火慢炖出来的药才是最有药性的。家姊熬药，母亲便会安静地坐在炕上，看院子的庄稼、花木以及才孵出不久、摇摇晃晃的小鸡。若是换了他人，母亲定是要连连地絮叨和叮嘱了。而今想起那些混着药香的声音，久远却甚是温暖。

几个姊妹中，终有不喜草药味的，便远远地躲着，唯我偏偏喜欢。常常倚着门，痴痴地看她熬药，有时一个黄昏，她都在做这件事，直到花影睡去。如今，夕阳和花影都在，只是母亲不在了，家姊便再也没有熬过药。而我，却始终记得那些光阴和那缕药香。

四

人说越王勾践用二十年文火熬了一味复国之药，而谏官魏徵用忠诚执意熬了一味救国之药。其实，无论什么药，医得疾患，便都当得起最好的那味药了。

五

忽然想起那道田埂，想起那些酸酸的酢浆草。

清风徐来
——德蕴清风园小记

妫川小城,风景颇多,可我却鲜少出门。于一处风景,若是能抱有某种情怀,那当是极为可贵的事情了。

"德蕴清风园"内,夕阳穿过树林,小路便铺满点点金黄。偶有一两片叶子,随风而下。尽管好事悲秋,却始终喜欢这些褪去繁盛与苍翠的花木,骨骼清奇,凛然而立,顿然生出几分景仰来。其实,当秋落下青嶂,卸掉翠微,确是个见山见水的好时候。秋的云淡风轻、内敛静默,都似极了人生某个段落。想来,这个季节很适合品味人生;想来,这年华与心境也总是不谋而合。

红尘熙来攘往,喧嚣嘈杂,看那年轮石台上品茶对饮的两人,陡然多了几分清喜和雅韵。茶,大多出自宁静深山,但它却远远胜过深山的宁静。不华丽、不喧嚣、亦无卑微和菲薄,只静默地守一份淡泊在深山或尘世、在杯盏或胸怀之中。这茶中之味,自然是极其深邃和广博了。

人之品茶,大多品得一个"清"字,想必清寂、清静或者清宁,兼而有之吧。可又想来,若是追名逐利或浮躁喧哗之人,这"清"味也自是很难品得了。人说"心清水现月",那么物欲横流之境,这茶当是又多了一味"清廉"之"清"吧。若非如此,恐怕这茶也只是凡人解渴罢了,又哪里能有品的心境与情怀呢?

雕塑中品茶两人,相对而坐,在疏林之下,落叶之中,神态清淡冲和,却又满怀敬意。这敬之所指,当是自然和友人吧?饮茶间,或宾主同席,或高朋满座,若是怀一分敬意,定是少些轻蔑虚伪和烦思杂虑,茶中"洁"味饱满不说,这宾主之心更是融于一处、归于一体了。若是懂了品茶,人与人之间自是少了搪塞、隔阂与误解,留下的只有真情感与真作为了。

赵州禅师有云：空持千百偈，不如吃茶去。想来这茶很是怡情养性，只是若参透这禅理可能还需些岁月与火候。山水之间、茶室之内或者帘幕之中，看茶的清雅，不施粉黛；品茶的清淡，毫无雕琢，似处江湖之远，纷争消弭，胸襟顿阔。一直觉得，品茶宜浓宜淡，浓茶醒脑，淡茶静心，若是那种不浓不淡的茶饮，温和谦恭之感当是可以安魂了。

喜欢茶，更多是喜欢它的一份真味。一身阳光雨露、清风明月，天性纯粹。或许大多人喜欢它，也都有着与我相同的缘由吧。摒弃物欲的事物，总是让人动心并乐于趋近，人或者茶都是如此。居此，品茶的过程也定是一个修行的过程了，修真、修善，当然还有笃定与坚守，那种在浩浩风烟中对良知与纯粹的坚守。

品茶亦是品人生，说得真好。茶的杀青过程和人生确是相似，炒晒或烘烤，如人生的坎坷或磨砺，起落间，去掉浮躁与浮华，那种清淡自然隽永悠长。

见过品茶之境，大多碧水青山之间，或者茅庐明月之下，这梅兰竹菊之中倒是鲜少见了。清茶品人生，花草寓人性，这人生与人性，有着无法言说的玄妙。

咏梅诗句纷杂，但此番情境之下，只有"不要人夸颜色好，只留清气满乾坤"最合时宜了。疏影清雅，铁骨冰心，衬极了茶的淡泊与笃定，以及历经风霜不改本色的初心和锐气。想来，你或者我的成长都需些梅花的品质吧。

而兰花是有些静气的。它与世无争，且从容淡定，任凭世事喧嚣，诱惑横行，终是不为所动，守着清苦和寂寞，独自芬芳。人生在世，若是能如兰花一般，"处深山之中，不以境寂而色逊；居幽谷之内，不因谷空而貌衰"，定是功利面前去留无意，起伏之间宠辱不惊了。

而那棵竹呢，颀长挺拔，正直有节。山峦之上或茂林之中，风吹雨打，却未曾曲意逢迎或者婉转随风。恰有微风掠过面颊，倒像那竹也微动了一下，便不由想起那首"衙宅卧听萧萧竹，疑是民间疾苦声。些小吾曹州县吏，一枝一叶总关情"的诗句来。萧竹之声与忧民之心，在这枝枝叶叶间依稀可见。

菊是我最为喜欢的。说是喜欢它很多，却又似乎无法罗列。那种柔韧劲节、那种洁身自好、那种淡泊静默都是人生百转千回里最不可或缺的……倏然体会情到浓时常无语的境况了。

归途之中，闲适惬意。我知道，正有清风徐来。

陈年旧事之自行车

被时光尘封的一切，大多是泛了些微旧黄。轻瞥之下，便会生出无限的惆怅来。

夏都桥上，一老者，骑着一辆老旧的黑色自行车迎面而来。或许是太过年久，那辆车已然锈迹斑驳，吱吱嘎嘎地从身边缓缓向南。回望时，恰好看到水鸟、草岸、桥栏，甚至连秋风都被温暖的斜阳笼罩着。

舅家表哥有辆自行车，买来便是旧的。黑褐色车身，粗粝斑驳。每日放学归来，都会去表哥家软磨硬泡。若是他恰好不在，便悄悄推了车，择一僻静小巷，溜出村去。

过去的时光，苍茫而遥远，而我却清晰记得单薄瘦小的我，推着车一路小跑时的欣喜与快乐。

村南的小场院，是个骑车的好地方。临冬，秋粮入仓，场院空阔而清寂。我们一来，便大有不同了。

一人骑车，家中姊妹及其他小伙伴站在场边等待。目光跟着自行车往复去来，手指却不忘记计数圈数。骑车小伙伴尚未达至终点，其他人早已远远地迎上去了。想来，无论何时、何事，但凡等待，时间大抵都变得极其漫长吧？那时个子尚小，兼之初学，自是不敢谈车技了。胆大且个子稍高的，也不过是跨了大梁，蹬上半圈；生疏胆小的，便只能将右脚直接从横梁下伸过去，掏腿骑车了。因是半圈一蹬，链条便会发出哗啦哗啦的声响，久久地在场院回旋。冬日的场院便也欢腾了许多。

骑车似极了人生，车仰人翻自是常有。若是人车安好，倒也无妨，只是怕摔了车子，不好交与表哥。那次摔弯了车拐，为了免于呵斥，我们将车放倒，找来稍大块的石头垫于车拐处，扶好。一人手持石头，用力猛砸……几番周折，却终究未能如愿。不但弯曲处毫无起色，而原本光滑的地方，也落得累累伤痕。

惴惴不安地推车回去，任由表哥数落，断然不敢抬头或还嘴。内心只想着尽快离开表哥家的小院，心里便会轻松与安生了。可不消几日，却又开始想念那个院子以及院子里那辆车了。

　　恁时真好，我与时光，都是少年。尽管地上有土，风中带沙，可那些时光，美得一尘不染。

　　故乡的场院早已不在，但我依旧喜欢在那块地垄间行走。想着父亲堆满稻谷的渴望以及年少的我们那些辽远的梦想。

　　及至后来，我家也买了一辆自行车，花了六十元。

　　那年我十三岁，始终记得那日的母亲，眼角眉梢全是满足与慰藉的笑意。

　　车子看着崭新，一旦上路，似乎每个地方都是松松垮垮，稍有颠簸，便响作一团了。倒是那车铃，任凭怎样摇动，都沉默不语。久了，便也不再指望它，更何况车子本身的声响早已远远地大过了铃声。

　　骑那辆自行车的时间很短，但记忆很长。

　　喜欢那些夕阳下骑着自行车乘风而归的日子，看山峦、雁阵、云影次第经过。而母亲，就那样痴痴地站在村口，似乎那辆车有千般本事，即便千山万水，我们亦能笃定地归来。

　　年少的我们，总以为有了万里山河与辽阔的日月，却从未想过母亲满袖的风霜与离别……

　　时近黄昏，远方阴云密布，不知是否有雷、有风、有雨以及一些莫测的故事？

　　身旁有自行车驶过，不过不是曾经那种古旧的二八车。而我，也早已不是曾经的二八年华。

故乡茶菊

故乡,确是有着千般美好,即便是檐角那场绵长得没有尽头的秋雨,想来,都会令人心安。

更何况那遍野的茶菊呢?

一

当蟋蟀跳进老屋的门槛,遍野的茶菊恰好盛开。

故乡的九月,尚未陷入凛冽与萧瑟。远山的林木,色泽沉郁,衬着清晨微明的日光,颇有几分古意磅礴的气象。村庄的田野,一条条菊垄,早已被繁花覆盖,绵延着转过山弯。本以为不复得见,却又在前方隐约地探出头来,明灭间,颇显幽远与趣味。故乡的茶菊,不是纯白,亦非明黄,自是不会有寡淡或耀目之嫌。两色相间之下,色泽清雅柔和,耐看,也耐斟酌。

不远处,一缕炊烟拖着细细的尾巴,悠悠晃晃地朝村子的另一头游去。一位早起的花农,在茶菊垄间,一时融入,一时淡出,田野与清晨瞬间便生动了起来。

时至晌午,且看田野茶菊,却是另一番景象了。

阳光照着田野,菊花便也万般明丽了。菊垄连着青山,青山连着白云,放眼望去,那种唐诗般的浩荡里,又有种天荒地老的安宁。想必此番光景里,无论想起何人,抑或忘却何事,都是极其顺理成章的事了。那隐约的几处农家,红瓦白墙,复又衬了村边绿树,与菊垄更是颇为相宜,生出的那些自然之妙味,定是只有身处其中的人方才可得吧。倘若再近些,便会于农家的木栅短篱下,看见一丛丛、一簇簇白色或黄色的茶菊,安静地盛放着,一只花狗悠闲地从人群穿过。也有的,只是那么几株，疏落地开在斑驳的红砖土墙下，那般幽幽淡淡的美好，想必就是清喜的意味吧。

秋日曾对友人说："随我去故乡可好？行走田间，有香盈袖。"友人微笑："奈何无暇，君且拢了衣袖，带些香气予我便可。"

想来，风景与你俱好，该是何等开怀的事情？无妨，来年秋日终究会来，菊也终究会开，光阴与情意都在，当是胜过人间最好的时节了吧。

二

九月，是采菊的好时候。

采菊的日子，人们大多是要早起的。天色微亮，街头巷陌便开始有人影往来，渐而走向田野，融在菊垄之间。

秋日阳光火辣灼目，女人们也自是想得极其周全。她们大多戴着宽檐大帽，再将围巾搭在帽外，遮了两侧面颊，最后在颈间打上小节。花花绿绿、摇摇曳曳的，颇有些惠安女的风情。

始终觉得采菊是巧妙之事。看邻家姐妹，掌心向上，五指分开，手掌途经花丛时，那些菊花便恰好夹在了手指的缝隙间，轻轻一带，即是满手花朵了。而家中姊妹，自小被父母娇宠，不通农事，自是笨拙不堪。便常常于人身后，生出诸多羡慕与羞惭来。

素不喜南山脚下采菊，倒无其他，只因父母眠于南山的缘故。每于此，便都会红着眼眸，忆起余光中的那段文字："今生今世，我最忘情的哭声有两次，一次在我生命的开始，一次在你生命的告终，第一次我不会记得，是听你说的，第二次你不会晓得，我说也没用。"其实花开花谢，人来人往，如此相似却又不尽相同的秩序里，生命的来龙去脉早已万般清晰，只是我愁思善怀，便始终有所念及罢了。

终究是秋日，斜阳落尽，便有风瑟瑟而起。人们疲惫却也欣喜地等在路边，或蹲或坐，等待收花人来。那辆车才转过山弯，人们便雀跃而起，急于称称自家的花数。随即，那些惊喜的笑声和无奈的叹息，从车的四周散向田野，散向村落，入了昏黄的灯火。

陶潜先生身归林薮，胸怀恬淡，采菊之事自是悠然闲散。而农家采菊恐是与情怀毫无瓜葛了。衣上有花瓣，眉间有清风，只是这花瓣与清风，不过是自然风物罢了，而人情世相，却远非那么寻常。"画家不识渔家苦，好作寒江钓雪图"，而今品来，竟有着万般的温雅与慈悲。

三

人说茶乃清绝之物，非等闲之人可品。自知庸常，于茶，便总是怯生生地隔了几步。只有菊花茶除外。

一直觉得自己是那种楼阁深处的女子，不慕功名，不喜喧嚣。而菊的生命简洁清朗，自是合了我意。

闲时，家姊采些菊花，晾晒于阳台。若是阳光正好，不消几日，菊花便会微干，翻动时，有隐约的声音传来。

傍晚散步归来，一窗灯火，半弯明月，几点星光，饮茶，正适宜。

喜欢看一朵朵或黄或白的菊花，盛开在洁净的杯盏里，清幽素雅。像极了鹅黄罗裙浅黛妆的女子，温婉宁静，楚楚动人。瞬间，竟生出些怜惜，令人不忍去饮了。

菊花茶的清香，在杯盏未及唇边的时候，便已经弥散开了。许是它沾了故乡泥土气息的缘故，倘若过程繁复，器具华丽，倒觉减了它的味道与意境，使得茶意全消了。我更喜欢瓦屋纸窗，一壶一盏，看似简单，却颇合时宜况味。轻啜间，清爽润喉，心旷神怡。似有微雨清风，拂面而来；又似见一只乌篷船，载着二十四桥明月，缓缓而过。想来，愈是简单的事物，愈能生出万般意象吧。

四

　　田野里，有些晚开的菊尚未采回，北方的冬天便来了。我去看过它们抱香枝头的样子，西风白日中，孤傲决绝。人说洛阳花事太过富贵，只有菊花，恬然自处，凌霜而行。想必，倘若只剩风骨，遂万事不觉寒吧？

　　友短信予我："是夜有雪，清晓看梨花？"复曰："太迟！青灯耿窗户，设茗听雪落，等你来。"

一半光阴　一半心情

大抵是岁末的缘故，总觉得满怀心绪苍茫，却又说不得。其实，整个冬季都未见文字，兴许是觉得清寒的日子不宜握笔吧。可我终究找不到一个远离往事的借口，即便文字有些微锋利和冰冷，若是对生命和光阴怀有诚意，也是好的。

一

人说：要么读书，要么旅行，身体和灵魂，总要有一个在路上。可旅行似乎成了我一生最深情的念想。

我的行走，大多在小城和故乡。

小城四面环山，巍峨绵延。只是那海陀，无论春秋，都自有一番磅礴的气象。曾经想着夏秋去登海陀，想着绝顶之上，生出一番人生豪兴，抑或惹些平生心事儿。可终究是负了风景与光阴，登临情怀，确是不得而知了。

小城已非昨日，古街古巷鲜少见了。临街多是些店铺，各色的招牌、幌子，整日流淌的音乐，还有往来的行人，连光阴也觉之浩荡了。喜欢走走停停，看那些店铺的名字。婉约清逸的，颇有几分江南烟雨的味道。凝视久了，竟也生出些长街曲巷、黛瓦粉墙、飞檐漏窗的意象来。前几日走过东外中街，看到"供销合作总社"几个字，便倏然想到故乡村南的那个院子、院子里混着泥土味儿的草药以及幽暗的柜台下那些老旧的物件儿。一个衣衫单薄的小姑娘，端着才买的两块腐乳，走在萧瑟的秋风里。远山，被夕阳笼罩。其实，每一个让人驻足的地方，定是有着打动人心的理由。一如那块牌匾，隔着浩渺的历史烟云，滋味复杂难辨，却又有种忧伤的安宁。

傍晚，总会路过夏都桥，也大多要停留一会儿。看秋日东湖，水天一色，芦花飞白。或看夜色铺陈气势，渐渐地没过山峦、水面和小城，直奔故乡去了。

节令已冬至，可寒冷却是优优柔柔、欲言又止的样子，雪影更是稀疏得很了。桥下那片水尚未结冰，成群的野鸭游来荡去。身后的V形水痕纵横交错，煞是欢腾。喜欢站在夕阳里，看着它们游过桥或绕过芦苇，抑或静静地浮在水面，披一身余晖，慵慵懒懒。水波涌动时，那些芦苇的影儿摇摇曳曳，清丽而美好。昨日再去看，水面越发小了，野鸭已寥寥无几。两三只野鸭站在薄薄的冰面上，偶尔抖抖翅膀或将头缩在翅膀里安歇。水里那一只，沿着蜿蜒狭长的水面悠悠远去了。桥上车水马龙，桥下却是天荒地老的安宁。大抵人老了，便只喜欢些山山水水了吧。风渐冽，天渐寒，缘分里的光阴终是薄了，野鸭也终会散了。瞬间，夜色裹挟着落寞袭来。

光阴里，总有些无从说起的故事。

小城于我，却还是过于热闹，有些浮躁了。始终觉得故乡的光阴，不染世俗，清丽、讨喜。

回到故乡，收入眼底的，全是好。

走在故乡窄窄的街巷，檐角流泻下来的阳光，便会落在鬓发眉梢。总想着它是经过了父亲的脊背和母亲的衣襟，暖暖地，令人心安。小巷拐角处的那几处青苔，泛着幽幽的光泽。想必它听过那天的雨声吧？父亲和母亲恰好走过，雨声也自是那种不急不缓的安详与沉静吧？

家在北街，每年五月，北山的花，开成海。那些花，多是桃花和杏花，淡粉或素白，令得山色也透出几分清明来。几个孩童，在繁花树影间嬉戏。那个握着花枝奔跑的孩子，全然不知花瓣早已遗落在身后的风里。

故乡，曾经有一条小河，碧水清荡，细碎的沙石间有蒿草轻柔地摆动。而今，只剩浅浅的河滩了。夏日，常常坐在河滩上，看那些草木、石头，寻些旧日光阴的影儿。想来，大凡沾染了昔年的物件，哪怕是闲来欣赏，趣味也自是深邃悠长。天近傍晚，斜阳穿过柳条，一缕炊烟从村庄的一头儿飘向天外。那样子从容、生动，像极了故乡的岁月光阴。几只飞鸟，掠过头顶，朝南山的方向去了，父亲和母亲都在那里。

上次去南山，正值茶菊盛开，花陌千条。与母亲说的，无非是些繁华、落寞以及教人不知如何收拾的心情。那些蒿草甚是繁茂，像极了我内心的想念。只是但凡季节，终有自己的来路与去处，秋风一吹，草木便凋敝了。只是思念，依旧缠缠绕绕，不肯离歇。

友人说："回故乡，看云停留处，有羊群出没，方是人间好滋味！"知他暗含劝慰，便也识趣得很。应道："待秋景渐深，回老院子去等蟋蟀。听它们冷冷淙淙地吟唱，一直吟到深秋。"

二

总觉得所有离散，都是缘分，如同所有故事，都有来由一样。只是有些缘分跌宕交错，起伏绵延；有些却如风似露，短得猝不及防。

人说冷冽的冬日，只适合重逢，而不宜离别。可公公离世那天，冷极了。知非之年，始终未参透生死。一声号啕里，不再相信来日方长。每次回老家，都要去看看他，说些温暖的话，慰藉那些我们共度且念念不忘的光阴。

父亲也是在冬日离开我的。从此，所有的冬天都变得异常寒冷了。

夏日那场离散，作别了五年光阴。案头的卷宗里，掩着那些我未曾辜负的时光。只是好久不见，不知窗台上那些曾经葳蕤的花木是否繁盛如初？亦不知那个唤我小辫子老师的老人是否安然无恙？初来，简历上寥寥数笔，却是半百光阴：己巳岁（一九八九年），桃李年华，择桃李之事。园丁二十载，喜乐无人知。自古光阴无情，人渐老，体渐衰，且多疾患。壬辰岁（二○一二年），移步八达岭镇，司职教育干事。奈何风云变幻，世事无常！丁酉夏（二○一七年），知非之年，落脚城南，入职教人之列。

想来，无论怎样的经年旧事，若能经得起寻常打量，定是可以用来聊慰时光了。

人说，执于一念，将受困于一念；一念放下，自在无边。你或者我，若是能悟得三分深浅，或许便无离散了。即便离散，亦能心静如水，看尘埃落定。那该是一种怎样的修为呢？

终是凡夫俗子，参不透人生的来龙去脉。前几日见一段文字：一个人决心堕落，任你怎么规劝勉励，都无用。越说，她越火，越恨你。这样的故事所遇既多，之后，凡见人决心堕落，便欢送。所谓无底深渊，下去，也是前程万里。

文字的意思，究其实，不过人情与风光。只是各自看到的人情与风光不同罢了。如此，来者珍惜，去者放下，惜缘才是最好的记取吧？

三

终究是烟火家常里的女子，不过因忧伤而多了些风情罢了。

生性孤冷，便鲜少出门。每常闲了，大多是捧一盏茶，坐在阳光里，看木架上的绿萝兀自生长。或者干脆闭了眼，只嗅茶香。极喜欢这种缓慢而温暖的喝茶方式，有些对自己都不肯坦白的事，竟缓缓地流淌出来，随茶烟袅袅娜娜地散去了。抑或扎上围裙，哼着小曲儿，烹几样素色小菜，做一碗羹汤，日子便是青葱水绿的模样儿了。

谈及读书，那是极少的事情了。曾经的文字，多是些小情怀，不过里面确是安放着我的灵魂。世间烟尘滚滚，有个地方可以安闲随性、清雅澄澈，便足够好了，哪里想什么以笔为镜、诗意风流？

始终觉得寡淡、寂寞的色调里有着绝于纷争与喧嚣的况味，便喜欢着一身粗布素衣，过不紧不慢的日子。其实成功，亦无非是按自己喜欢的方式生活。即便是疏园半亩，草色入帘，只要喜欢，一样风生水起。

已至岁末，事务越发繁杂，与友人无暇相聚，便万般想念那种小步紧跑去迎接一个人时的快乐。尽管友人不多，却大都雅如琴瑟。光阴的屋檐下，有人能看到我内心的清寂与温暖，真是一种难言的美好。

近日，阳光明媚，颇有些小阳春的味道。若是两三人围坐，浅浅暖暖的一壶茶，一边负暄，一边闲聊，当是极好的消遣了。其实茶事，一半是应景，一半是心境，只要身心俱安，便担得起半日消磨。

人说有茶酒共担，以佐时光，宜好。纵有百年之交，也终究各奔前程。昔日那些把酒言欢的人，早已散了。每个人都有自己的江湖，功名利禄，孰是孰非，人不同，心境自然不同了。只是没有想到，在我们追索人心深度的时候，却意外地看到了人心的浅薄。

深知自己有着不讨喜的表象，那种凌厉的锐气确是常有的。无非想不卑不亢、清澈地生活。而今年华渐老，便越发地不愿取悦其他了。只有那些值得我与光阴有所厚待的人，我才报以温暖和微笑。

翻过很多山，高的矮的都有。看过无数次天光乍破，而今已是暮雪白头。岁月和苦难始终未能将我变成自己年少时最憎恶的那个人，当是万分的欣慰了。

曾经以为慈悲能抵得过生活的烟熏火燎，抵得过时光萧索，山河寂寞，教人更宽容地去理解这个世界有多复杂，温柔地找寻人和人关系里情有可原的地方。到底是高看了自己，终究一身俗骨，出不得尘世。且少有圆融之质，便一切安如平日，在好人那里还是好人，在坏人那里，依旧露出自己的锋芒和烈性。

"美人晏坐太清室，蛾眉不锁人间愁。"心下甚是追慕，可世间哪有无棱无角的光阴？曾想着做一个刚刚好的女子，不攀附、不将就。不攀附尚可，只是尘世纷杂，难得诸事妥帖随心，不将就便自然成了折磨与苦难。生活终究不止琴棋书画，遭遇伧俗与不堪在所难免。桌上那盆绿萝，碧绿繁茂，真真地替我挡了不少琐屑庸常。

四

　　最远的远方，是回不去的时光。好在我有过最美的相逢，那些走过千山万水，隔着岁月风烟，仍能记住的人或事。

五

　　来年，依旧有书有茶、有小桥、有烟雨，或许还有披着一身征尘以及藏了我三分心事的归人。

六

　　那时，桃花开遍。

微雨之中

夏末，微雨。

朋友听说我要去园子走走，微笑并附言："春日阳光透亮，万物明媚，却稍嫌热闹了些。倒是这日子，花木简净，行人疏落，于你，时光正好。"

真好，懂我，也懂光阴。

早听说永宁阁巍峨豪劲，只是隔着如烟的雨望去，倒是觉出几分素淡幽远来。山脚下，树木繁茂，花田错落。那些花花草草，缤纷层叠，微雨里自顾地开着，自然、娴静。倏然便愣了神儿，想起陌上以及那个风情万种的故事。亦有些即将开罢的花，色泽幽黄素雅，泛着微微的古意。若是衬着雨和青色的天空细细打量，更是觉出些好来。它们落落而立，淡定从容，褪去了对俗世的迎合、取悦，自会多一分不卑不亢的风骨。想来，雪小禅那一句"你们越花红柳绿，我一身素衣便艳压群芳"，倒是颇合时宜况味。

拾级而上，行人寥寥，偶尔一只飞鸟啁啾着掠过树梢，从头顶飞过，转瞬，便寻不见了。及至高台，两三游客正在微雨中取景拍照。向南眺望，群山淡淡，辽远而静美。巨龙般蜿蜒起伏的八达岭长城，而今被微雨轻轻地一笼，影影绰绰，竟然生出几分柔和静逸。像极了褪去战袍的将士，背对远古，在蔓草青青的故里前，温暖地微笑。那片平原清疏朗阔，楼房民宅、树木湖水，高低虚实，相得益彰。看着看着，竟忽然地红了眼眸。想必隔着万重山水，亦会念及故乡。想着故乡的夏末，田野花色渐深，花儿绽放得越发没了规矩，风一吹，似乎整片花田都摇荡起来……平原以北，便是这园子了。永宁阁极高，低眉间，便可见园中亭台，坐于花间，或立于水畔，有的干脆隐在依依的杨柳荫下。园中曲廊，也大多是随形而弯，依势而曲，或蟠山腰，或穷水际，通花渡壑，蜿蜒往来，意境与意象颇耐人寻味。

121

沿楼台回廊向北，驻足观望，便是另一番景象了。海陀山静默如常。微雨中，与黛青色的天空相映，越发沉郁厚重，透着岁月的质感，似乎千年的历史与光阴都附着在每一处斑驳的色彩里。海陀山前当是那片秋来金黄的稻田吧？我好像听到一阵风穿过山林，然后是树影如波，重重漾漾，再后来，田野便在麦浪里安睡了。只有那蛙声，在青翠的草色里起伏，伴着农事与归人。那面湖水便是小城的西湖。周边农田相衬，绿树环合。一只小船缓缓划过，佐以青天微雨，那些山石树木，在古旧的气息中越发淡远。山、野、田、舍，被浓郁的绿色覆盖或掩映，只有这面湖水清清澈澈，它似是山林写意中的那处留白，丝毫不显寡淡，倒是见了几分空灵。

一阁于此，八极围于寸眸，览尽山河盛景。《尚书·吕刑》有云："一人有庆，兆民赖之，其宁为永。"最初只是对名字寓意心生感念，而今登临，顿时觉出好来。

日子看似闲散，可缠身俗事亦是千回百转。念想里的名山大川，一时不得即往。好在今日登临永宁阁，去些暑气与燥气，内心安妥了不少。

说起小镇，我便有些急切了。

总觉得凡是称作小镇的地方，都会有些妥帖安详的风景或故事。说不出它有多好，只是一旦走进，哪怕一身风尘、满怀幽怨，便也哑口无言了。

最先入眼的，是那片花田。

人说万物一旦入雨，即刻显得忧郁起来。而今看来，这话倒是信不得了。那一大片金光菊，本就黄灿灿的，经细雨淋淋洒洒，似有些细微的光，莹莹闪闪。细想，但凡菊，均有些意味。一丛丛、一片片生长，便觉之温暖、奔放；若是疏篱之外的一两枝，却又似生来倔强、自带脾气的女子，极清冷、孤傲。两者都有说不出的万般美好，只是有人喜好触目横斜千万朵，有人只挑赏心悦目两三枝罢了。人说：但凡喜欢的东西，定是心灵的一种契合。世事喧嚣扰攘，迎来送往的时光里，若始终有我们属意的事物，且一直保持着初见的模样与深情，当是再美好不过的事了。

山梗菜也是很讨喜的。花朵玲珑小巧，淡紫的花瓣与白色的花心相映衬，洁净素雅。山梗菜蔓茎纤细，常与左右花枝缠缠绕绕，婀娜得很。若是风一来，它们便轻轻地匍在地面，又是万般娇弱的模样了。总觉山梗菜更宜种在木篱短栅之侧，安静、清喜。花旁，亦应是那种身着麻布长裙的女子，干净清爽，素简安然。若是三五之夜闲坐院落，有半墙明月，一帘清风，那山梗菜又该是怎样的珊珊可爱呢？至此，竟有些向往了。

小镇花木繁多，衬着绿树远山，颇有田园的野趣与自在。只是细雨尚未停歇，我便不得不离开了。也好，人生终要留些念想儿，慰藉光阴。

脚步缓慢，若不是疲顿，想来应是一种不舍吧？走走停停，全是风景拴了人心。山腰的亭子、湖中的水榭以及万绿丛中那一道飞檐……次第接于眼帘，观之不尽。路旁，即便是些错落相叠的山石，一旦映入池水，便也会生出突兀嶙峋或山壑磅礴的气象来。

好花须映好楼台，荷风馆便是了。灰瓦翘脊的楼台，坐落于水上。北有茂林幽径，侧有修竹与回廊，一直一曲，相映成趣。楼台的窗，雕花简洁，古朴素雅。池中的荷花不多，零散的几株，却开得正好。那荷叶倒也有些情味，留了些水面给亭台、花鸟与树石。当它们写影塘中，自是另一番天地了。抬头间，见楼台廊柱之上书有两联：荷风送香气，竹露滴清响。自然便想到故友，二十年前，曾赠言予我，便是这两句了。而今，纵是山长水阔，光阴久远，可情谊依旧如初。想来，情谊颇似风景，高简淡远，方得韵味悠长。

雨，渐渐停歇，走出园子，竟有些怅然若失……

写在秋日

我所钟情的光阴，无非是想起已过季节的一些情味，然后端庄下笔。眼下，刚刚好。

一

曾和友人说：春日，本该是梨花满地，青阳照水的光阴，却竟是长风浩荡，兵荒马乱。

江城腊月，病毒肆虐。纵是山遥水远，看着病者离去，医者奔忙，难免揪了人心。惶恐不安而又小心翼翼的光阴，总想寻些喜好，或将自己安置在一阕老旧的词牌里，冲淡思绪，却又偏偏安生不得……

世间，时隐时现的无常悲喜里，总有些不动声色的善良，成了被人念及的旧事，穿过黄昏或者小巷，熨帖人心以及光阴。至今亦常记起某些人的名字以及他们春风十里的模样，便会倏地鼻子一酸，惹出些絮叨：从此无恙，从此无恙。

二

老家的村口，亦设了关卡。我回去的时候，在邻里乡亲憨厚朴实的微笑里测温、登记。大抵识字不多的缘故，乡亲的字写得极慢，字的样子亦是歪歪斜斜、松松散散。写好了，便大声地念给我听。说是怕有差池，日后添了麻烦、惹了事。以为粗服布衣，大多只想些寻常的雨雪桑麻，其他都会置身事外。而今看来，倒完全是自己的偏颇了。于是，我微笑着点头，在内心向他们致意。

夏日的故乡，很美。

那间洒满阳光的老屋已经不在，但我依旧喜欢站在院子里，在一株花草或者一处青苔上寻些心事。

院落外的胡同，被东西邻里的房子夹着，日光极少，常年幽幽暗暗。墙根或墙角之处，苔痕遍布。亦有一种被称为铜丝草的植物，初时茎条碧绿，慢慢地，色如古铜，而秆则不增，依旧细如丝线。若遇光照，亮闪闪的，好看极了。铜丝草极富韧性。曾和家姊一起，用尽气力，或拔或剪，之后去掉叶子，便开始用它比试力气了。两人各取最粗壮的一根铜丝草，交叉成十字，回折后双手握住各自的两头，站好后用力向自己的一边拉扯。若铜丝草不断，被拉过去的人便输了；如若草被拉断，也便算输。纵是萧瑟悲凉的岁月，亦会有些乐子，它们都藏在老屋及院落的角角落落，常被我们寻来，消磨光阴。

《本草拾遗》等药书记载：铜丝草性味甘平，导湿利尿，能主治水肿、风湿痹痛、跌打损伤。倒不知母亲是否看过医书，只记得每遇牙痛或跌打，母亲便到巷子里取些铜丝草，清洗浸泡，那水便有了药性。其实，波澜与困顿的生活里，更见温暖、妥帖，荡气回肠。

尽管胡同潮湿，但我却极喜欢。

十几岁便开始与母亲、家姊以做女红补贴家用。那时的夏天，我们大多一整天都要坐在胡同里，在沙发巾或桌布上缝补花朵、叶子以及各种图案。石湖居士诗云："昼出耘田夜绩麻，村庄儿女各当家。童孙未解供耕织，也傍桑阴学种瓜。"诗中的日子，寻常却也意趣横生。而我们却是毫无意趣，手指时常被针刺破，稍做包扎，便又急火火地穿针走线。唯恐稍有停滞，误了时辰，所得甚少……

常忆起那时篱栅旁的蒿草，疯狂凌乱，桃树、杏树的枝丫横出石墙。苍苔侵阶入室，而我们只是自顾地绣补花朵、绣补光阴以及生活。

而今，每常闲了，喜欢拿件老旧衣衫，裁裁剪剪。一番摆弄拼接，便又多了件入心随性的衣服。先生说：这手艺，丝毫未辜负曾经的光阴和苦难。

"回首时，你会原谅之前生活对你所有的刁难。"这话说得极好。

三

故乡的老磨坊，还在老地方。那次我去看它，它眼神空蒙，斜倚在夕阳里，万般寥落。透过灰蒙的窗子向内张望，墙壁上挂满面粉和尘埃，细碎而污浊。

那些老旧的机器，曾经振奋而耐心地打磨生活，而今却再也寻不到那时的锐气，只是安静地卧着，看光阴和人事往来。依旧记得那个乡邻，在磨坊门前的石碾旁，摸着瘪塌塌的帆布口袋，吸了口旱烟，然后笑吟吟地说：够吃些日子了。

磨坊墙角的杂草还在疯长，倾颓的砖墙，掉漆的门窗，而每一处都似乎有一个无从说起的故事。

街道两旁曾经有很多凤仙花，红的、粉的、紫的，娇娇艳艳的，煞是欢腾、讨喜。若是遇了相熟或儿时玩伴，便会坐在街边，一边闲聊，一边摘些凤仙花，用石头轻轻捣碎，边说话，边染着指甲。

这个秋天，老磨坊变成了咖啡屋。

曾经的墙壁已被重新打磨，细腻却并不耀眼。一抹夕阳温暖地照在墙壁上，那色泽泛着些微古意，温雅而慈悲。像极了那些老电影的背景，而那个一直被你念及的人，歪歪斜斜地穿过梨花盛开的小径，坐在半掩的柴扉前等你……怕是自己的样子失了神，便紧着说道："其实，这里更适合看书或者念些旧事，然后等夕阳慢慢地挂满帘栊。"

几张铁艺桌椅随意摆放在院落里。院落地势不高，却因地处村边，倒也十分开阔。落座其中，亦可看到东南方向，青霭环山，翠屏开野。不远处，一片格桑花，正开得旺盛。天清云淡，这花竟生出几分清丽来。

若是天气温和，与三两相识，闲坐院中，清茶或咖啡，阔论或闲话，都无不可。心中宁静安详，门外万物生长，光阴便也当得起"生动"二字了。

那辆内心中被我命名为诗和远方的车与这座老磨坊一样，亦在秋风里与我告别。其实，人间万物，都有自己的来路和去处，愈是好的，愈不坚牢。人说：寻不回的，干脆断了念想。而我，终究善怀，权当多藏了几分心事，暖自己，也暖光阴。

四

大多时候，确是不太与人亲近，不是骄傲，也不是清冷，只是习惯沉静。自知不过一个烟火家常里的女子，宜家宜室便好，不作他念。如此，便清闲、坦荡了许多。

友甚少。留下的，定是些明媚的交集。经不起打量的，便早早散了，自是落得清闲。行走，也便只是我和先生。

秋天本不喜外出，怕是落木萧萧，惹了惆怅。得先生恳切相劝，且九眼楼地处故乡，昨日便欣然而往。

远方阡陌多呈黄色，大多是些尚未收割的玉米、高粱。秋风一吹，脆生生地响成一片。人说一场秋风，百样情怀，想来竟是真的。你看，杨树、柳树、格桑花都渐次零落，菊花却在秋风里开得异常热闹、欢生。曾以为青帝有失公允，其实只是我们不记得，三月，桃花明媚，开遍山岗。

九眼楼是个好去处。山底溪水潺潺，或蜿蜒而下，或数石相叠而成小潭。潭水清澈见底，与这山峦秋树倒是最为相宜，彼此竟都生出些远意来，耐人寻味。小潭旁多是草地，本是萧萧落木时节，那些草却茂盛碧绿，生机盎然，颇有些初春气象，令人万般欣喜。想必再寻常的事物，若在时宜之外，也便极不寻常了。

五

一重山水，一味人生。

如此，山顶之上，想必全都是些心事与故事了。

第三辑

四季牧歌

冷秋之韵

一枕新凉破晓梦，起来秋满庭户。

柳影疏离，缝隙间有寂寥的光行走，好似在与夏的繁茂做着道别。槛外的菊花，于萧条里涂抹着清高之色，姹紫嫣红时的落寞，如今似雪凝霜，劲节洒脱。那种慵懒交织着淡艳，在西风里婆娑。其香，便又怎么一个冷字了得？

君子在杯觞里吟咏着那影脱秋烟的淡雅，于是，渊明的酒兴温暖了南山，悠然的情怀在最难将息的日子里豁达了红尘。而人比黄花瘦的易安，当此时，是否依然把酒东篱，寄托闲愁？

秋风最是肆意无情。将众木摇落，任一苇飘零。乱叶于霜阶之上舞着，偶尔敲一下琐闼朱窗，而这一下，正浓了离愁思绪：雁字渺渺，鹏程遥遥，几番尘世风吹老，何时携手复朝朝？抑或是感动于情，秋风方将伊人的相思题在红叶上，在碧云与黄叶间浓浓酽酽，暖了阡陌，暖了心。

一两声晚蝉，于残叶里写下萧索。而空庭人静，却又是为谁凄婉而歌？或许是一种怀念吧？念那一树碧色怎会如此匆匆，将繁华埋葬。寒蛩和着怨蝉的鸣唱，在四壁回响。轩窗之色骤然冷了；思妇之心骤然惊了；旅人之肠骤然断了。此时，恐是情醉天涯，一分秋声，一分憔悴吧？滴阶的雨，润色了别样寒凉，细碎之声将孤独遍布每个角落。于是，紫箫吹断人无寐，孤盏对月，怎奈何，纵然瑶觞，品来亦是愁滋味。云埋雁断落夕阳，却依稀，声声檐外久徜徉，怎不平添离伤？

疏寥的砧声和着清清月色，行走间，脚下便满是落寞。斑驳一地的凄凉，又何须横笛吹商。相思早已摇过那半江秋水，染伊人的鬓角如霜。庭除渐冷，烛泪渐长，月圆人遥费思量：曾经相应，月榭携手话秋光，怎生遗忘？幽怨处，背对半床凄惶。

或许何时，也会于秋色里，闲横短笛，清风皓月，相与忘形。任人笑生涯，泛梗浮萍。饮罢不妨醉卧，尘劳事，有耳谁听？

冷秋，别有韵味，只因那抹忧伤。

冬之味

冬日的黄昏，落座窗前。斜晖脉脉地透过茶的氤氲，暖暖的情绪便也随之缭绕开来。

茶的味道若有若无地弥散，一室的淡香与幽雅。静寂而柔和的落照里，我的目光淡然地透过轩窗。

不知江南此时的风景，或疏梅报信，或小雨成寒吧？而北方，我的这座城市，已经是长松点雪，古木号风了。江南在我的意象里，从来是一抹情致，而非一种情怀。于是，便想到人生。温婉中的幽和与宁静，沉浮中的睿智与豁达，兼而有之，方为人生大美。而季节的起落，比如这番萧瑟的冬，似人生低谷，但又何尝不是一次生命的退让呢？

北方的冬天确实有些冗长。也好，灵魂遁入冬的空门，安静地品赏，岂不是情致情怀两相得吗？

隆冬到来时，百花即已绝。冬的眉梢儿，似是挂着永难消融的肃杀或冰冷。举目之处，无非枯槁凋零，黯然无边。偶见栖树寒鸦，越发地衬了这一季的落寞与凄惶。然，美景由心起，细细地品来，确也真的无可辩驳了。

冬是静穆的。看素雪玄云，毫无压城之势，却多了一分朗阔与厚重。沉思间蓦然发觉：人性、是非、灵魂即在此黑白之间了。尽管冬的山骨瘦了，而褪掉了臃肿包裹的峰峦，无虚荣之姿，凛然而立，更见其磅礴之势。似是洗尽铅华，一呈纯熟练达，宏毅坚实。那些树，历经繁华成败，安然地伫立着。偶尔风来，便闻得沙沙之响，不像是炫耀曾经的葱茏，倒似耳顺老人，淡了得失之后的浅浅问候，纯粹而直白。冬天的风，定是有岩响沙飞的时候，树与树间、枝条与枝条间开始纠结，任凭风如何造势，却越发地紧了。如此，我便极喜欢冬天的树，喜欢立于树下，渴望枝条触及我的灵魂。

生于北方，雪的风情令我穷其词汇，却至今未达。由此，便更是崇拜谢惠连、谢道韫等才子佳人，生生地将雪的美写到了极致，唯留给后人一声嘘唏。

不知庭霰今朝落，疑是林花昨夜开。北方的雪来得却也似南方的雨一样温婉。

雪安静的时候，极美。六街柳絮婆娑而舞，天地间纯白、静好。掌心的雪，渐渐融化，我们的心悄然地潮湿了。居高远望，层层的梯田，银盘般晶莹地叠起；而嶙嶙峭壁，更是似玉笋一样的排列着，光洁而朗润。近处的树，或多或少地都挂了雪，少的似粉萼，多的似琼花，错落而成，别有韵致。几只寒鸦在雪地里悠闲地踱着步子，如千点墨迹舞于大地，苍劲而安谧。便也倏然地想到了生命，忽忽几十年，鸿爪雪泥，终为陈迹，缘何不珍惜？

绿蚁新醅酒，红泥小火炉。晚来天欲雪，能饮一杯无？因了此番情致，甚是喜欢暮雪。绿蚁红炉，寒天知己，乾坤不夜，天地无尘，其色之美，其情之浓，无词可拟。酒酣之时，亦可轻挑帘栊，看那雪斜拖于阙角，淡抹于墙腰，顿然，一份雅致落入杯盏。人说雪天饮酒，雨时品茶，浓淡两相宜。然，寒夜客来茶当酒，竹炉汤沸火初红又何尝不是一种境界呢？围炉听雪，烛有焰而雪无声，尘世瞬间空灵。而那缕淡韵清香，恰似友之情意，不温不火，历久弥新。

有诗云：有雪无梅俗了人。喜欢梅，倒也非附庸风雅，只是崇尚那种品质，无意争春，凌寒怒放，于寂寞里成就一份亘古的清绝，想必你我皆有此心。

识得真趣，方为真人。于冬，更是如此。

冬至随想

一

冬至已至，同来的有岁末，当然还有春天。

冬至，一年中最短的日子，却往往给人最悠长的怀想。

案头的台历，依然如常静穆。之于岁月的惶恐和不知所措，却偏偏生就于寥寥几张薄纸里。好在，祝福和感慨，追逐着岁末的脚步，如雪花般纷落，潮湿的回忆和温暖的感动便溢满我的心。

临窗，便喜欢远望。北方的小城，这个冬天，无雪。

一夜西风，凋尽万千繁华，而那些劲节的枝丫，或横亘或交错在天空里。偶尔随风舒展一下筋骨，或拽一片云朵挂在梢头。夏花绚烂，却藏匿着些许喧嚣，秋叶静美，却隐约了一丝寂寥。而西风的凛冽里呢，似乎是那种刚毅或者倔强。便倏然地想到了人生，有纷华的春，有低落的秋，若要盎然生命，必少不得一份冰冷中的执着。

一年来的每个上午，抬头便可看见马路上独自康复训练的老人，艰难，却风雨无阻。极短的距离，却用了那么漫长的时间。倒似了我们人生的某个目的地，总是需要行走才可以到达，间或的泥泞和坎坷也是必须承受和面对的。

人生一切，都是宿命摆下的一个局，有人这样说。而长者渐远的身影里，我微笑着摇头。

二

一庭花草半床书。不假，却也不真。花无语，书无言，于岁月里静默地守候着我。而我于它们灵魂乃至视觉的触碰，少之又少。

纵然钢筋水泥的丛林、市井巷陌的攘攘冠盖，使得曾经的暗香疏影沦为沧海桑田，可偶尔的翻阅依然会让我无比动容。

《菜根谭》中云："势利纷华，不近者为洁，近之而不染者尤洁；智械机巧，不知者为高，知之而不用者尤高。"所幸我无暇近势利纷华，无能知智械机巧。不求高洁，只图个安然自在，倒享了不少良辰美景。总觉得日子便是一种情怀，浮名也好，浅吟低唱也罢，其中所得，只有我们自己知晓，喜欢便好。只是，无论走怎样的路，回首时，莫叹良辰美景虚设，当是不枉年华轮转。

有朋友问我：人为什么活着？我想应该是为了一个愿望，比如等待花开叶落、等待风涌云起，等待爱情或者等待自由，也或许仅仅是等待一个好风如水、好月如霜的夜……等待无轻无重，有的只是等待里与我们命运所置换的筹码，如能无悔，且能面对一切结局安之若素，便是一段粲然的光阴了。

三

千年帝王师的繁华，一枕黄粱梦的窃喜，在岁末里都成为我对朋友的一种祝福，疏狂而细碎。但我知道，能够拥有所想总是好的，倒也无论长久抑或短暂，华丽抑或微渺。

朋友的微笑，是我内心最美的情结。至少他们没有离开我，至少他们幸福。于此，我忽然想到自己的文字，想到文字背后那些三分侠气的朋友和文字中那个一点素心的自己，便笑了，笑的惬意而满足。

案头的一角，放着一罐咖啡，是好友送的。包装极其精致，却毫不张扬；色调低沉，却能时常地令人怀想，恰与我的友情如出一辙。

每每望一眼，冬季便暖暖的，尽管无雪，心底却一片潮湿。

四

岁月里，我们总在奔走，生命便成了一场背负着欲望与斗志的漫无边际的放逐。

华灯初放，那一锅糖炒栗子，在灯光下幽幽地泛着光，轻轻地嗅一下，便感到了日子的香甜。买一串棉花糖，肆无忌惮地由任它蘸了满脸，像个无忧的孩子，从他人的目光里走过。简单地快乐着，其实很美。

岁月前行，我们一直在离别中，与爱、与伤害，甚至与时光，握紧或者挥别，也都由了心性。只是如水的时光，回忆便是水波里的容颜，临水而立，若能看到一切都是笑容，当是冬季里你我内心最温暖的期盼。

与君初相识，犹如故人归。

七月未央

连雨不知春去，一晴方觉夏深。

七月，远离了夭桃的绚烂，唯有安静的荼蘼，纯白了流火的季节。于是，任由思绪在浓荫的缝隙间回闪、流浪。远或者近都无所谓，只要路过的风景里写满心情。

故乡

故乡是一本书，是小说，亦是散文。那些人物和故事，被岁月临摹于村庄的每个角落，一点流光，一滴细雨，便开始了鲜活的讲述，任凭你如何地隐忍，转头的瞬间，泪已潸然落下。

目光在乡邻的鬓角游离，如霜的飞舞，寻不到哪怕一丝的寒凉。它曾经摩挲过我儿时的脸旁和懵懂的忧伤，那样的一种温暖和柔软，似了母亲的微笑，美好得让我惶恐与不安。因无能记述，便担心着它湮灭于荏苒的时光。数载岁月的游走，每每回归故里，当血液欣然并奔涌于那迎面而来的微笑与双手时，我豁然开朗：原来有一种感觉一直被珍藏在内心深处，从不曾流走或消逝，只是因为珍贵，而不轻易地去触碰罢了。

绿叶浓荫，故乡的影子是绿色的，极为养眼。山是绿的，水是绿的，院落是绿的。邻里间，任凭牵牛花的枝蔓纵横勾连。清晨，柴门逐一而开，似是花开的声音催醒了那一夜的酣梦。顾不得洗脸，便被伙伴拉着去了河边，或许孩童时代，脸面远不如快乐更值得崇尚吧。水，轻柔地将山色拢于怀，因了包容，澄澈里染了清绝的碧色，沉静、雅致而富有哲学。

父母经常忙于农活，院子便显得清寂了许多。此时，我喜欢倾听或寻望，看老燕携雏弄语，听高柳鸣蝉相和。当梁下的燕子振翅而起，我的眼眸会装满整个云天。幼小的心，便随了燕子的尾翼开始远行，或江南以南，或塞北以北，幽思中是理想还是遐想，早已无从追忆，但抹不去的，是云天下那满脸的虔诚，满眼的纯净。呵，我的青山、青水、青少年。

母亲

七月是母亲的守望。无论母亲身处哪里，坚信母亲的心依然满是牵挂，如路旁的柳，丝丝缕缕，参差披拂。微风过处，轻抚着我的记忆，心便肆意地陷落，陷落于对母亲的怀念之中。

我如花的青春年华，于母亲的艰辛中盛放。求学的光阴是苦涩的，不仅仅是生活，还有对母亲的思念。家乡以外的空气总是有些冷、雨总是有些寒，这样的情境大抵是对母亲温暖的渴望开始袭击内心。果腹所满足的是一种生理需求，而味道却是满足精神和情感的，我对母亲的留恋和思念便是缘于此吧。外面的饭菜，总是少了点什么，又似是多了点什么，少的是温暖与安然，多的是陌生与酸涩。母亲不忍我的清瘦，总是给我加补给，劝我不要舍不得。母亲又哪里知道，心中满是那一味熟稔的香炊，无缝无隙，纵使玉液琼浆也无能入得喉、入得心了。

母亲的心定是与我相连的，否则又如何与我一样，在临近七月的日子里，期盼如檐下雏燕的羽翼般日渐丰满？太阳在母亲粗糙却灵巧的指尖儿上起落着，更近了，母亲便成了故乡桥头一座深情的雕像，风雨里，始终眺望着远方。

母亲安睡了，在那座青山脚下，苍松翠柏，一份永不老去的情怀。而那轮月、那弯月，似母亲的微笑或凝眸，千山万水之外，依旧瞬间穿透我的心。如同我回归故里，每每都要轻声告诉母亲：我回来了。路旁高杨的叶子簌簌地响起，抬头间，声音温柔地垂落，落入我的眼角，划过鼻翼的刹那，我闻到了一种疼痛的味道。

离别

夜合枝头别有春,坐含风露入清晨。合欢,七月里的一抹嫣红,轻謦之下,淡淡地晕染开那段离别。

单位的院子里有棵合欢树,远远地望去,连了遥遥的天际,还有那座校园。那年的七月,合欢盛开,我们离别。记得那时风和日丽,翠碧摇曳,而合欢的调子,却着了冷艳,更似离人的血被泪水氤氲开的样子,淡淡地,任由时光流淌。那种色泽却始终沉淀在记忆的底层,纯粹得不染一点风雨、喧嚣和伧俗。

不喜欢合欢这个名字,或许仅仅感觉它对离别是一种极大的嘲讽吧。更多时候,我喊它绒花。觉得那细腻的花瓣如我的心思,敏感而害怕触碰,亦如七月以及七月关于离别的记忆。

爱情

爱情或许真的是涉水而来,被那根红丝绣线牵引着,穿过苍苍的蒹葭,踏着雎鸠的关关鸣叫。爱情也或许是生于掌心的一颗珍珠白,执子之手,还了前世的债。

爱情于很多时候在意料之中,又在意料之外。当我意外地走出文字,以一种清绝的姿势触碰你微笑的眼眸,爱,便是意料之中的事了。萌芽,往往让人们想到春天,想到春暖花开。而冬天里的爱情,是不是来自玉龙雪山,跨过情人跃和殉情谷,轻捻了一世的纯洁与执意呢?

七月,令我的爱情缠绵而伤感。遥望,穿过如愁般细密的雨帘,寻你的影子。而世俗的重山,让我听到了泪水落下时那一声绝望的清脆。

我的思念和距离毫无关系,即使你拥着我的瞬间,我的思念也从未停止。菱花里,你或许清楚地看到,我的喜悦,盛放于你到来的刹那,却于你离去路上,渐次凋零。

那条小溪，那座古桥，于岁月中书写着不老的神话。而我，是否会成为你灵魂中绿波浅映的心伤或转瞬而去的惊鸿落影呢？

七月真好，那个白昼如夜的日子，让我的爱情插上了翅膀，牵着你的手，走过百年轮回，让一刹的感动成为永恒。如果可以，我不惜失去所有去等待，等待来世，等待来世那顶花轿，等待来世那顶花轿从玲珑的唢呐声中走来。

自此，无论世事如何变幻，人流车海中，你我的身旁便只有影子。

流浪

忽然想起阿尔卑斯山谷中的那段标语："慢慢走，欣赏啊！"不禁微微一笑，想到了流浪。

曾幻想自己是一只鸟，在广袤的天空里优美地飞翔，没有方向。其实，真正的流浪是不必在乎目的地的，在乎的只是沿途的风景，以及看风景的心情。可以傻傻地凝望一座山，也可以专注地聆听火车的轰鸣；可以驻足小桥流水，亦可在葱翠的田间盘桓。任清明的月色，荡涤灵魂，任思想在大地的无限里驰骋。

喜欢做一个青衫游子，将自己放逐。品一壶他乡月色，吟一阕故里青山；折一缕羌笛杨柳，揽一怀大漠飞烟。还可以到戈壁找寻生命的意义，亦可到西藏，去丈量心与天堂的距离。丽江的酒吧可以浸泡悠闲的时光，古道上，那匹瘦马的影子，灰灰的色彩里写着断肠。

风景是用来流连的，否则，这丰富华丽的世界便成为一个了无生趣的囚牢。七月，不要拒绝行走吧。

安静、绚烂，激情、感伤……七月未央。

端坐于秋

抖落冗长琐屑的尘事，放慢脚步，等得灵魂，微笑着端坐于秋。

桐荫渐薄，柳影扶疏，秋阳的碎屑，细密地落于小径，点点的金色，在微风里游移而去。小径的尽头，走来牵着风筝的孩童，那哨音渐行渐远，蓦然地唱响了整个云天。而那条铺满青苔的空巷里，落叶随风，如蝶般曼妙，秋的寂寥便被舞成了优美的弧线，错落而幽邃。置身其中，清微淡远的天地之韵，定是令人物我两忘了。

层林尽染斑斓色，几番犹疑画中山。秋山的浓酽，似一幅沉淀着人生色泽的画卷铺陈开来。那勃发的绿，奔涌的红，淡泊的黄，横亘于苍穹之下，一如我们的生命。澄澈如水的童年，意气如火的壮年，恬淡如菊的老年之痕重叠于层峦之中，深沉而凝重。那样一份风雨历练的旷达与感动，任它长风万里送秋雁，依然对此可以酣高楼吧。

落霞孤鹜，秋水长天，不知滕王阁的秋色是否黯淡于王勃的离去里。而那般追思与怀念跨越万水千山，经历桃花翻转、雨飞雪乱，荡漾于秋风起处，不离不散。

蓼红烟翠，渚清沙白，天接碧水，万顷琉璃之上，那一叶独钓的小舟，怡然于苍茫的天地之间。鸥鹭闲来舞，傍船自相亲，那样的一份从容淡定，又何来"悲哉，秋之为气也！萧瑟兮，草木摇落而变衰"的怅然叹息呢！

秋水里，几点残荷着了古色，水愈清，而色愈雅。久久凝视，似闻雨落残荷之声，清丽、幽远，舒缓有致，红尘的喧嚣琐碎于此中淡去。转身，再回眸，那枝荷，高洁地凌立于水墨云烟的背景里，不惧轮转，不染伧俗。

那一轮秋月，曾哀婉地悬于李煜的故国天空，亦曾浩然地悬于稼轩的万里苍穹。雕栏玉砌，秋影金波，尘封于历史的黄卷，唯有那似眸的明月，沉淀了几千年的是非成败，借秋风散于江渚，落入渔樵的杯盏，一声朗笑，千古如烟。

一株清影，影弄银河；万古秋香，香随玉宇。秋月总是氤氲于淡淡的桂子之香里。纤云缥缈处，广寒宫殿的桂树，婆娑而舞，寂寞的嫦娥，轻舒广袖，人间便是香满秋堂了。

何处合成愁，离人心上秋。饮黄花酒，题红叶诗；弹一叠雁横塞，唱一曲人倚楼。篱外的黄菊开了，帘内的佳人瘦了。自古多情伤离别，哪堪冷落清秋节？秋天的思念当是银筝夜久殷勤弄，心怯空房不忍归吧？砧杵敲残深巷月，梧桐摇落故园秋，秋天的思乡定是寻得何处秋风至，朝入庭树客先闻吧？怅然于秋，定是闲来听得窗外雨，孤灯一夜写清愁；而淡然于秋，方可生出晴空一鹤排云上，便引诗情到碧霄的情怀。

秋来，此番境地，何等情怀？是与友携壶，煮酒烧红叶，饮一盏风神潇洒，抑或尤喜山径独来往，行踏空林落叶声，品一份淡然禅机？

如若愿意，剪一缕李白窗前的月光，掬一捧王勃笔下的秋水，入诗入画；亦可挽得易安，邀来陶潜，同吟最爱东篱闲把酒，更喜重阳就菊花的诗句。

秋之情愫，如缤纷落叶，舞于亘古的荒芜。

欲说还休，却道天凉好个秋。

一指风影

　　一指风影，穿越千年漏声的清响，怡然地摇曳着水色天光。那一缕色泽，悄无声息地将明艳或柔和悬于眉眼，亦有或铿锵或无奈的叹息散落于四季。

　　才觉帘影微微动，却已挥毫天地间。

　　那缕东风，隐藏在爆竹声里，趁着脆响中的欢呼，悄悄地落入盛满屠苏的杯盏，饮了那份暖暖的感觉，微醉。醒来，胜景定是目不暇接。

　　风的脚步极其空灵，春风尤其如此。而它的影子，却不小心遗落于山之畔、水之湄。

　　是东风，携我们的目光，划过江北以南的云天，看杂花生树，群莺乱飞。思绪甘愿被十里堤的袅袅烟柳缠绕，潮湿出一片柔软。此时，撑一柄花伞，独自走来，如此的幽邃之境，无须丁香花的清雅韵味，丝雨飞絮便也一样地如愁如怨了。恰好，一尾乌篷缓缓摇来，似脱于喧嚣，行于云烟深处，我便将诗情融于雨、融于风，舒缓地抚过乌篷之顶，留下一痕雅致的清愁与迷离，并小心翼翼地将它划入记忆的流湾。

　　是东风，掀开三月的日历，然后牵我们的手，于石阶下、田野里、溪水旁，惊喜着遥看淡淡近却无的草色。塞北的春风多少是有些声响的，那便是微风里燕子纵情地啁啾、孩子们寻春途中的奔跑与欢笑。杨柳轻风，吹面不寒，心中霍然的一份明朗与舒展；随风入夜，润物无声，天地骤然的一份盎然与禅机。

　　那一笛的春风，掠过倒跨牛背的童子，悠扬地落于山川田野，于是鸟声碎了，花影重了；那一剪的春风，掠过芹泥微香的燕巢，欢快地落于院落枝头，于是，地满芳草，天连杏花。

　　海棠开靥、杨柳展眉的风里，我们的心情是否盛开为万紫千红的画卷？风催碧树、水送落花的风里，我们的心情又是否凋零为朱颜辞镜的诗篇？皱绿飘红花事去，暗了眉眼，淡了鬓边，韶华随风寻无缘。而东风里那一地残歌的百花，那一声相见时难别亦难的幽叹，是否能度过玉门关口，轻抚君的双肩？

当我们忧伤地醉着春的绚丽或凋零，春风已悄悄地打开了夏的门扉。

如果夏天的风也能称为一幅画，肯定不是饱蘸浓墨的，只寥寥数笔，却极为幽静雅致。曲径之中，竹影轻摇；亭台之上，荷香频送。驻足其中，那清响的竹露，隐约着故人的殷殷话语，让人中宵梦醒，辗转难眠；那幽香的荷风，娉娉着伊人的凌波微步，让人轻拢衣袖，忘返流连。也见得，夜来南风起，小麦覆陇黄，那一片金黄之色，沉甸甸地将头埋在风中；也见得，晚来清风疏，渲染一潭碧，那一波幽绿之色，羞怯怯地藏于倒影，时而随风摆动一下婀娜的身躯。水晶帘动微风起，满架蔷薇一院香，淡韵潜入怀，清凉过轩窗，那破暑而来的舒爽，令漏断钟沉，静止在玲珑的月色边缘，渐次晕染了整个夏夜。

那一叠轻罗小扇，舞动着轻风和萤火，如水的夜色里，我们是否遥想着牛郎织女的银河相望；那一地碎影桐荫，袅袅地回闪，我们是否听到了立于梧桐树下，那一声今夜故人来不来的叹息？

天如水色，清和院宇，微凉习习。安坐于静谧，渐觉星斗移转了风向，由南而西。几片叶子从大雁的阵脚儿里飘落下来，舞动了第一缕秋风。

西风轻叩秋堂，将一抹新凉涂在槛外。追逐着晚蝉蛩韵，吹开了篱菊，吹清了月色，吹浓了雁影，吹乱了笛声。边塞的梦醒了，故乡的心酥了，怅然地独立楼头，听那树卷秋声。西风轻推月牖，看千林薄淡，万水明清。

水天一色之夜，何不独倚危栏，看长风万里送秋雁！何不对酒邀月，听满池荷叶动秋风！怅然的愁绪，酣然的洒脱，都烙印在山骨水痕里。瘦比黄花的易安，在西风卷帘的瞬间，黯然神伤；晓风残月下的柳永，对千里烟波，沉沉暮霭，泪眼凄迷。尽管西风方烈，碧树尽凋，而我们的情愫，是否依然独立高楼，眺望天涯？我们是否也将友情急切地托付给狂风，西挂在咸阳树上？

当千岩瘦绝，万叶飞尽，北风便携雪积山，结霜凝瓦。

江南的梅影，塞北的月华，或入梦或拂窗，然后嵌入一叠黄卷；傍晚风劲，初晓云浓，或听雪，或围炉，然后落入一杯温酒。山色渐淡，水声渐低，那柴门的犬吠，划破了冬的空寂。风雪夜归的人儿，点笔了冬的生机。

北风是圣洁的，它铺开了三千银界，构筑了十二琼楼。那一夜盛开的梨花，似是又轮回到了东风时节。

风儿，多情地将风景留下，然后浪迹天涯。

时光走进冬天

季节不紧不慢，却从未停留。看似每个人都走过同样的时光，却不曾想到的是，当我们早已年迈，再次推开季节的门，被典藏起的这段日子，其实都散发着不一样的芬芳。

一

这个冬天的脚步似沉稳了许多。风未冷，雨未寒，连同记忆也都泛着温暖的味道。

儿时，无忧的年华，我们无须懂得萧瑟。任由原野罗列起冬的意象，任由一树树枝丫在天空错落成悲壮。而我们只喜欢在大风中不停地旋转，然后在眩晕和跌撞中开怀地大笑或尖叫。那声音随风穿过街巷、穿过枝丫的重叠，弥散在来往的光阴里，让我可以如现在一般，在文字里微笑。

风，始终在四季里穿梭，而我却只对冬天的风情有独钟。每天放学归来，路旁掉落的一根根树枝，是风赠予我们最好的礼物。小伙伴们大多每人拉上四五根，长长地拖在身后，左右摇摆着走进村庄、走进家门。而路旁那一条条深深浅浅斜斜的印记，蜿蜒至岁月的深处，暖了母亲的心，也暖了那个冬季。

故乡的初冬，冷雨是最常见的。树上的叶子本已稀疏薄脆，被冷雨一打，瞬间飘零而下，凄凄惨惨地落在雨水之中。而我也总是在疏雨未停的时候便来到树下拾捡，将细小的叶柄攥在手里，偶尔呵上一口气，总觉得那气息可以令一段生命永不老去。走过苍茫尘世，每当回想起这一幕，都会感觉天真是如此美好和值得敬畏。母亲确是怕我被冷雨淋到，才极力阻止我。或许是我悲伤和同情的眼神打动了她，母亲的语气渐渐平和。她告诉我叶子总是会落的，即使没有雨打或者风吹，只要记得它曾经的绿色就好了。母亲说得极是，看冬的苍凉，总会令人悲喜交加、迷茫不已，甚或无从来去，但我们谁又能否认它曾经的耀目风华呢？

过往的冬天里，我依然喜欢拾捡落叶，在善良的情怀里，握住温暖。

二

每个人对事物都有自己的偏好。喜欢春天和夏天的人，便觉得秋天是美人迟暮，冬天则像英雄末路。而我却越发地喜欢冬季了，总觉得清寂的光阴，极适合灵魂在尘埃里歇息。

慵懒地靠在藤椅里，满怀阳光。看明净的玻璃窗上，有一些虫蚁慢慢地爬过。衬着窗外云天，情境颇显辽阔。有些瓢虫干脆沿着窗纱或窗框爬到客厅的地面上，三三两两，怡然往来。初冬，当是它们一段难忘的时光吧？它们于此告别繁华、告别岁月、告别情意、告别生命。凝视间，内心忽然生出一种莫名的慌张与惆怅。相比惆怅，我更喜欢哀愁。总感觉惆怅有点像江南的黄梅雨，沉闷冗长，而哀愁中却有一种觉醒的滋味。没有谁许过我们地老天荒，能以一个值得纪念的故事，深刻地存在过便是很好了。如同那些叶子、那些小虫，会在我不经意的回眸里唤醒所有的感觉，诸如善良、美好、自由以及对光阴逝去的感怀与珍惜。

初冬的夜，静谧而寂寥。打开电脑，让心情在手指间绽放。喜欢写些随性的文字，无须立意，也无须主题，依着自己的心，自由奔放。快乐或者忧伤，都是无法复制的年华。我总觉得轻敲在键盘上的岁月是可以开花的，每每拈上一朵，搁浅在柔软的唇边，都会嗅到隐隐的暗香，哪怕是曾经的伤痛。

曾以为自己是个不食人间烟火的女子，不奢想锦衣华服、不幻想倾国倾城、不梦想权倾朝野。却在某一天忽然发觉：没有不染伧俗和云烟的事物，一如自己渴望一份俗世的爱情一样。明明知道磐石般的誓言终究抵不过似水流年，却依旧奔跑在冬的冷洌里。

那夜，出奇的冷，那雪，出奇的洁净，如我等待爱情的心。

如果光阴没有流转和变换，是否我们可以一如当初，丽如春花，明眸皓齿，温暖而明媚？是否我们可以一如当初，相信执着，相信永恒，笃定而欣慰？或许我们早该发现，真正的爱情只在岁月末端，那是一杯用风雨做酒曲的纯酿。

光阴是一段旅程，历经风和日丽，也会历经风雨满楼。看尽万千繁华，也自当看尽万千凋谢，一切都理当路过。而路过，让我们逐渐学会剔除，留下最重要的东西，然后成为一个纯简而快乐的人。

三

冬天的原野空旷，山峦苍茫，天空中的那只鸟儿，还未来得及勾勒出自己的影子，便已经远去。冬天确是无比壮阔。诗在铺满冰雪的原野上奔跑，风与雪在天地间鏖战；情义在火炉边的杯盏里狂欢，思念在暗夜中与寂寞周旋。而我总喜欢怀一颗安静恬淡的心，凭着岁月的栏杆，体会那些细碎的风情。

冬天往往让人想到岁末，想到一段光阴的离别，也偶尔会想到成长。总觉得与一人白头，择一城终老便是不惑之年最无可辩驳的通透，却始终未发觉自己的安然顺变、恬静淡泊，早已在岁月的掌心里端坐、微笑。

红尘之中，一切打马而过，无论疼痛、快乐、荣幸、苦役都会成为不再相遇的过往。

时光走进冬天，我微笑着道一句：等待良久。

夏日时光

时光渐远，唯有记忆可以让一个人的浮世清欢细水长流。

一

山一程，水一程。

年华跌落在光阴里，故乡便成了一个冬暖夏凉的地方。

北风呼号、大雪纷飞的午后，那一方热炕，足以让我奔波百里。其实我更喜欢傍晚的那抹夕阳，透过色调暗淡的布帘，照在雕花的柜子上，时光便是那种暖暖的安详。我时常伸出手，让阳光透过掌心，看曾经岁月的痕迹和心情。慵懒地倚在炕角，看母亲的身影在斜阳中回闪，托着腮，幻想着经年如斯。

夏季小城炎热无比，故乡，却总是一季清凉。每次回家，从来不惹匆促，大多是走着，欣赏着，怀想着。

虽是山间公路，却不十分崎岖，大多地方有旷野连接山峦，倒也开阔。远处山朗石秀，农田泻绿堆青，路旁的野草闲花，似是不着尘埃，清清淡淡。年年秋草落，春来复还生。那一棵或那一朵，当不是去年的旧识，但我依然面带曾经过往时的微笑。浩荡的岁月里，青山见我，我见青山，早已无关这花花草草，如修行者入定，此中，只有寂静的欢喜。

路途之上，风光之中，常与良人相互辩驳，总想在花海与画廊的胜境上一较高低。故乡花海，碧谷青崖，松连薄雾，埂起清风。野花或星星点点，或曳地连天，偶有三两行人，悠然往来。花田的尽头，隐约着几处民居，青石小路，黛瓦白墙。阳光洒满院落，暖暖地、懒懒地挂在帘栊之上。庭前碧柳，槛外菊花，红尘一隅，如此静好。很渴望在某个傍晚或月夜，坐于院落或厅堂之中，看一方斜阳或半窗疏影铺成玲珑的诗笺，然后沉溺在时光里。

他经常在我面前自得画廊的水。画廊是他的故乡，而画廊的水也确实灵气、多姿。春日的小湖曳绿拖蓝，危崖的瀑布溅珠如雨，深林的溪涧如琴如瑟。山因水柔媚、空灵，水因山澄澈、清洌，山环水抱之中，自是清嘉岁月。此番境况，极适合夜晚独坐，看那弯曾斜照汉家宫阙的冷月，轻抚那缕唐风宋雨浥过的柳丝。或者只是坐在自己的影子里，安详地看着季节在诗意里渐渐地消瘦……

早知故乡的美好，从来无关山水风月，那里面无非一个情字。红尘奔波中，故乡，便是记忆慢煮的一壶香茗，余味无穷。

二

风一程，雨一程。

从那天起，我喜欢上了这座北方小城，并钟情至今，还有很遥远的未来。

承德，一座很小的山城，却因一个王朝的背影而拥揽了繁华。武烈河早已不再浩浩汤汤，倒似一段安详静卧的时光，在岁月轮转间静默地守望，守望曾经的悲欢荣辱，以及春暖秋凉。

离宫，帝王都城之外的宫殿，当是风清月白、水碧山青。畅想着宫墙的草木之下，依稀有着当年的蛩鸣。而老人臂弯流淌出的悠扬二胡声，想必也揉了一缕万壑松风。或者那丽正门外杂沓的脚步里，裹挟着皇家木兰秋狝的马蹄嗒嗒。然而飞檐翘角下的喧嚣，颠覆了我对这座小城的遥想，那些故事早已化作了历史的风声。

但我依旧喜欢承德的街巷，总觉得每一条街巷里都有一段青梅往事或一座熟悉的老宅，生动成一道风景，让我如此渴望遇见。而我，也并不在乎遇到的是幸福还是忧伤。天幕下，斜阳渐落。须臾人生，如此，一切相遇都定是惊喜。

普宁寺的晨曦，清凉安谧。寺内古树参天，浓荫覆盖之下，点点朝阳穿过叶的缝隙，洒在青砖之上，斑斑驳驳，全不似这个季节的阳光，炫目、张扬。我喜欢仰望那尊大佛，历尽尘世风雨，极尽慈祥与安静。合十的手掌间，有我最善良而美好的情怀，为自己以及其他。若我一生只有感恩和转身，是否一切可以云淡风轻？

寺外的广场上，每年来时，都能看到一舞剑的白衣老者，乐曲轻舒，衣袂飘然，一幅空灵绝尘之境。坐在台阶上，与老人攀谈，言语间透着淡泊、平和与友善。那种安静素淡与千年古寺的韵味毫无二致，曾经伦俗的角逐，瞬间折戟沉沙。

三

歌一程，泪一程。

人说三世轮回。对足球迷来说，应是四载一轮回吧，在天堂、地狱或人间。

我不是球迷，甚至连个伪球迷也算不上，但这丝毫不影响我喜欢，喜欢与足球相关的一个人或者一个情节。

先生应算是个专一的人，始终钟情荷兰，自我认识他的时候。生活与岁月改变了他的许多初衷，对荷兰，他却任由沧海桑田，一如往昔。当年剑客的锐剑锋芒，渐渐地被时光覆盖，可总有那么一种情，能够触动记忆，令心潮涌动如初。当最后一声长哨响彻在科林蒂安体育场的上空，我怯怯地回头，晨曦中，看到他眼底的泪光。那种静默里有庄严，更有懂得。当罗本走向看台，走向恸哭的妻子和孩子，眼神中那种沉寂、那种不安、那种笃定，让我忽然在遥远的星空之下，嗅到了一股英雄的气息。那一袭长风中的橙衣，猎猎如旗。谁说由来征战地，不见有人还？我分明听到一曲高昂的旋律激射在大力神杯上，鸣音四起。

阿根廷的探戈在流淌的光阴里，越发优雅华丽。而梅西的眼底却只似舞曲中那段忧郁，连笑容都泛着一种清澈的深邃。每个人的心中都有一个王者，无关通达显赫、落拓悲凉。一如我钟爱梅西，从未觉得他折戟在潘帕斯高原，台阶之下，不过是他未来登高临远的驿站。

我想，山重水复的流年里，我会一直记得他的矫若惊龙。当然，还有经年之后纽维尔斯老男孩俱乐部门前那个落日熔金里的微笑。

总有些人，彼此在遥远的身旁相知相惜。

年华似水，我感谢一切相遇。此时，正是午后，天淡云闲暑风清。

又见春天

一

小楼一夜，听尽春雨。

尽管已是满眼春色，若春雨不来，总感觉少些韵味。似乎春雨之中，才可以看得花开草长，闻得花落泥香。

年少时盼望春雨，无非是期待一场繁花。夜里，听着窗外淅沥的雨声，想象着满山遍野桃花盛放，心便极其向往丽日初升的时刻了。春雨如同号角，小伙伴们会不约而同地聚在一起。那个时候，我们大多是在街道上奔跑或行走，看新燕翻飞或啄泥。有时就那样站在巷口，指点远山那一簇簇似雪的繁花。当然也会心潮涌动，不顾父母的叮咛，奔着山花去了。站在树下，轻触花瓣或折下两三枝，带着一分新奇和三分欣喜回家。我喜欢那扇柴扉，只是那时我还不懂得小叩它的清雅。

总觉得雨天散步悠闲惬意，尤其是绵软的春雨之中。春风催开万物，但总有些躁动，若是春雨来了，便好了。公园的石板小路清清凉凉，闪着幽暗的光泽。我喜欢这种色调，似乎沉淀着岁月的深沉和凝重。路旁的柳，鹅黄浅绿，相杂相间，在细雨中多了几分清丽纤致。那几株桃树之下，零散着几朵落花，安静清淡。轻瞥一眼，便忽然生出愁伤：林花谢了春红，太匆匆。一朵花，一个人，一段光阴，都是如此的罢。

南秀北雄，塞北的春天相比江南，少了婉约和朦胧。不过若是在春雨之中，倒也可以寻得几分。看湖边的柳，笼雾垂烟，似淡墨氤氲。而那一树桃花恍若胭脂着雨，湿湿漉漉，美人般玉容娇羞。倏然想到崔护，想到绛娘，想到那场人面桃花的相逢与离散。年年桃花开，不见故人来，想必你或者我，都有一段伤怀往事，在每个春天如约而至吧。那座桥的倒影，着了湖水浅浅的绿色，便有了些许的幽远。人说江南是杜牧的，是苏小小的，而这个江南，是我的！

白雪却嫌春色晚，故穿庭树作飞花。看这春雨，忽地就化作雪了，在窗外飘飞。若是半雨半雪之中，赏一场春色，该是怎样的情怀呢？

二

一路风光里，只为稻粱谋。

天性懒散，行走于我，便成了一件极难的事情。好在上班的公车上，我可以无忧无虑地通览四季景色。

大城堡的建筑风格，典雅纤致，我尤其喜欢。那种红色、灰色的反衬，雍容之中不乏庄重。春天，从它的北门向西，便是一路风光了。万物繁茂，便会有一种浩荡的感觉，当然忧伤也是如此。看那两旁的迎春，金英翠萼，密密匝匝，一株两株三株……便是一条金色的花带了。一路走来，温暖明亮。其实，风景是需要映衬的。看那拐角处的房子，点了一抹邮局绿的颜色，便把花树衬得颇为清丽和风雅了。若是行走间，我定是会在这里停下脚步，感受花的盛开和零落。人生大多是澎湃惊喜混杂着落寞愁伤的，此情，春日最浓。

街上的人，缓慢或疾行。想必有的尽赏风景，一派悠然；有的如我，一路风光里，只为稻粱谋。如此，人生情怀两相得，甚好！更何况，我们的心终究是一半属于天空，一半属于尘世呢！

三

长风破浪，直挂云帆。

情怀似是无时不在的，因为季节，也或者是因为一个人。

居于自己的懒散，每每说起爱好，倒叫人生出几分惊讶和不解来。记不得何时起，开始喜欢篮球。因此每年的春天于我，便多了一种更深远的意义。

　　人说宇宙之道，不过盈虚而已，诸如花开花落，月圆月缺。每个人都有他的盛世烟火，也有他的一纸寒凉。又想到那个纽约之子，想到他曾经的孤独和落寞，想到他眼神中极度的空洞与绝望。人说所有的车站都一样，不是起点就是终点。他就是在那里深深俯首，作别昨日，然后用信念将世俗颠覆得惊心动魄！

　　总觉得传奇是一种诱惑，一种对未知的沉迷与执着。而我，更容易折服在一个人的精神和灵魂里。当然，我也有崇拜，但崇拜不是用来悬挂与风干的，我更喜欢它澎湃我的人生和岁月。

　　毋庸置疑，但凡人，大多向往玉阶华盖，金杖龙椅。但他历经的困苦和迷茫，让他超越了这一切。他给予这座城市的，是一种爱与深情。人说尊严是软肋，也是铠甲。他正是身披这样的铠甲纵横CBA，洗尽曾经的诟语，并捍卫着这座城池的荣耀。

　　对他，我似乎不太喜欢横空出世这个词。人生过往，他懂得了沉静、谦卑与儒家的藏拙。正如此，才有最跌宕的过程以及最壮阔的逆袭。

　　人生总有些细节不为人知，已不重要。他那犀利、无畏和不屈的眼神无一不再证明：他的人格是强大而响亮的！

　　谁说风流总被雨打风吹去？我想：一座精神丰碑，定可以唤醒内心与山河！

这雨，这思绪

窗外细雨飘飞，已有几日。其实北方天气，也有颇似江南的时候。比如这雨，缠缠绵绵、淅淅沥沥、朦朦胧胧，会让人不由得想起贺梅子，想起他那句：试问闲愁都几许，一川烟草，满城风絮，梅子黄时雨。至此我想：人的潜意识总是那么诚实，那么轻而易举地暴露出一个人的灵魂、思想以及人性。这愁啊，像极了一川芳草，如烟似雾，像极了满城柳絮，如雪似花，更像极了这场连阴雨，光阴隔了帘，隔了纱。

一

透过这雨，我依稀看到故乡老屋青砖青瓦浮漾而出的流光，带着那种纯粹的清冷和沉静。总觉得清冷和沉静的事物，会有着那么一点沧桑和历史感，似是看惯了风卷流云散的老者，沉默无言。凝视久了，又似乎泛出万般柔和，想必是片瓦之间留有父亲手掌的温度吧。若是雨点稍大，便可以听那雨滴落在瓦片之上或瓦楞之间的声音，低沉、安稳。如若夹杂些许清愁，倒与那陶埙幽深绵长的音色有几分相似，极适合沉思与怀古。这样的雨里，我却时常想起那些荡气回肠的爱情，哀婉却又典雅。人说好故事都是从雨天开始，然而，当繁华落幕，最初的风景却成了一道最明媚的忧伤。

小城的微雨天气，我喜欢那些幽深的街道，或许是内心中一直有着小巷情结吧。绵绵雨雾，笼着花草树木，一直延伸到诗人的韵脚里。这雨便忽然着了丁香的颜色，那般淡雅，又那般寂寥、惆怅。

故乡曾是青石小巷，每方石块都被光阴打磨得光滑圆润。有时觉得，那更像父亲和母亲以及前辈们打磨的生活，一天天，一点点，路渐渐地平坦而柔和。雨天的小巷泛着青灰色，有种古朴安然的静谧，或走或停或彷徨，都会别有一番韵味。墙角或边缝青苔点点，幽幽地泛着光泽。我喜欢蹲下来看它，看这雨天的花朵，格外亮丽。

二

一直觉得雨是有味道的，青草的味道，花的味道，甚或是炊烟的味道。不在故乡的时候，雨天闭起眼睛，这雨便是故乡的味道了。

儿时似是不太喜欢这绵绵不绝的雨，那样的天气，母亲是不允许我们出门的。院落中的树叶青翠幽亮，啁啾的燕子三三两两，飞得那么低，却离我们那么远。若是大雨，我们便尤其地欢喜了。总是盼望着一场大雨过后，山涧溪水汇集而下，村外便会多一条小河。等到河水澄清，也不管母亲是否愿意，便急急地找些衣服，端上盆子，跑到河边去了。这一去，大多就是半天光景，有时连午饭也忘记了。端着衣服回去时，总有些怯怯或胆寒，生怕被母亲责骂或追究。最后大多平安无事，大抵是母亲知道：这小河并不是每天都有的吧。人说流水带走了光阴的故事，可有些温暖和美好依旧那么坚实地存在，应是藏得太深，或是记得太牢吧。

当河水渐渐干涸，那些深凹地方便成了一个个小水塘。至此，我似乎又看到了水塘里倒映的蓝天、飞鸟以及那几张兴奋不已的脸。野外的水塘是极其凶险的，这也是母亲此时对我们看管甚紧的缘由。时至今日，我总是想到母亲的爱和善良，当然还有内心那种用谎言对抗疼爱所产生的愧疚。从来觉得母亲是聪慧的，每每傍晚回家，母亲用手指在我们的手臂上轻轻一划，一道白色的浮痕，便让所有的谎言大白天下。挨骂自然是轻的，更多的时候是被母亲狠狠地打了一顿。但这疼痛似乎远远抵不过我们对戏水的渴望。日复一日，年复一年，河水偶尔来，水塘偶尔有，但母亲却永远地走了，在这般恰似流水的光阴里。母亲走的时候也是雨天，阴阴沉沉，湿湿漉漉，总觉得若是伸手触碰，万物都会流出泪来。

触景生情。若是曾经的情境里有过疼痛或悲伤，那么无论这雨有多么柔弱，都会伤人。

三

阴雨时节，多少繁红，尽随蝶舞莺飞。但那些高柳乱蝉、小园亭榭，大多是诗人或文人的情怀。诸如我们，雨中漫步抑或帘内相望，看一看雨打残荷的雅致，听一听雨滴梧桐的清疏，也算颇有几分情致了。更多的人，恐怕是放下凡尘杂事，或酣眠或闲卧，或静坐或读书，将这雨天装满散淡与闲适。其实，喜欢便好，俗或雅，都不是人生大事。

我更喜欢在这雨天里发呆或沉思，流着眼泪想过往，或天马行空想未来。当然也想爱情，那些曾经忧伤的记忆，经雨的滋润，竟然也开出花来，在岁月的一端微微浅笑。而那些终究没有说出口的爱和不爱，都成了这雨天的一道风景，或凄清或幽暗。须臾花开，霎时雪乱。季节流转间，有所回味总是好的。

四

连雨不知春去，一晴方觉夏深。

好在这雨天不是春日，否则会蹉跎多少光阴。

初秋小记

秋日微雨，光景渐凉，我却看到那些花开。

墙角处那些小野菊兀自盛放，脆生生、水灵灵，与这清冷的秋雨天气倒也相衬。其实这小野菊一直是有的，老屋的篱栅旁和邻居家的墙角儿，每年秋天都会有它们的影子。可终究不是每天都在故乡，见到它们时，定是觉得有几分稀罕了。

故乡街道两旁，偶有人家堆些碎石或柴草，也不知那些小野菊怎的就在这里生根发芽了，一束、一丛或一片，清冷却又明媚。一直喜欢这小野菊，除了它孤高从容的天性，应是还有些故乡的温暖在里面吧。但凡与故乡有关的风物，我都会觉得温暖和安逸。想来，微凉的生活里，故乡的许多事物是可以用来取暖的。

出了巷口，远远便看到老姑母坐在街边择拣马莲。老姑母人长得精瘦，只是岁月的风刀早已剥离了她曾经的矍铄。坐在街边的石台上，衬着那一身潦草的穿着，越发显得弱小了。她说那些马莲是儿子割下要扔掉的，只是她觉得那马莲很好，明年端午时节还可以用的，包出来的粽子比线绳捆绑的要香很多……她说话的时候，并没有看我，只是低着头，笨拙而缓慢地挑挑拣拣，将那些马莲按长短分开，摊放在脚边的水泥地上。想来那些话一半说给我，另一半是说给未来和生活的吧。始终觉得故乡的一朵花或一叶草里，都会有一段光阴、一个故事、一个爱我或者我爱的人，比如那马莲，根根叶叶之间有着青翠的端午和扑鼻的粽香。老姑母自言自语的时候，我已然开始挪动脚步，大抵知道自己的脾性，怕是在这街边巷尾触景生情或骤然落泪吧。女人一旦伤怀，便真是弱得不禁风了，更何况是秋风呢？

今晚的月，尤其冷。但我却很想看着它。先生说："众人多喜欢看中秋之月，你又听谁说过喜欢看中元之月呢？"他的语气略带嗔怒。只是白天去了父母和嫂子的墓地，人已归来，哀伤却是不减，便由了这情绪，随它蔓延好了。墓地里的蒿草已是微微泛黄，望一眼，心里便弥散开大片大片的荒凉。我知道，荒凉的不单单是这情境，还有父母离我远去的所有时光。姐姐和妹妹担心我独自上山，嘱咐两个外甥陪我前去。她们的心思，与其说怕我孤单，不如说她们更懂我的深情与伤怀。千方百计地将两个孩子打发回去，我安静地坐在坟前。其实我知道，墓碑前那些糕点和水果不过是我的一厢情愿罢了。但想念总是需要交代的吧？在深情里，一厢情愿也是种幸福。和父母及嫂子说了很多话，依然如常，无非是七分想念和三分无奈罢了。墓地周围的山上有人语声传来、渐近，方觉暮色将临。转身之际，自语道："我流泪只是因为想念，不要担心我的生活，我很好。"

故乡很安静，没有人声鼎沸和车马喧嚣。妹妹家的屋檐下什了不少麻雀，一天叽叽喳喳地叫着，清晨尤甚。忽然想起那个清晨，院子里极安静。拉开窗帘，却见妹妹手里拿着一把笤帚左右挥舞着……她说想赶走麻雀，免得一大早吵得我们睡不安稳。忽然地就生出自责和愧疚来，妹妹和麻雀们呢，不也都失了安稳吗？

妹妹家的院子里有棵李子树，大概有十几年的光景了。这秋风一来，繁茂滴翠的叶子便开始锈迹斑斑了，再被这风儿一吹，便零零落落了。看着，内心不免生出些寥落与惆怅来。其实人生就如这季节，总有些花要开，也总有些花是要零落的。万物都有起落轮回，只是这大化之理，我们却很难参透。

傍晚时分，天色微灰，惹得我眉梢眼上、指尖嘴角都挂上了几分慵懒。树下有一方水池，边沿处长满苔草。我坐在树下，看先生弯腰在水池边洗葱。泉水澄澈，青葱碧绿，苔痕滑腻。若是看透了风景，便只宜沉默和微笑了。

我的几株绿植，茂盛极了。想来它们和我是有些缘分的，哪怕只是一个秋天的光阴。其实我和它们都只是栖息在时光里，着一身尘埃和岁月，静默地看彼此荣枯。我曾想：当我们都化作尘泥，真的很难说清何谓生死了。生和死都是一种存在，只是形式不同罢了，不是吗？

　　帘幕微动，秋风清冷，远方渐有萧瑟逼近。俯身从藤筐里拿起一本书，想来是要用这书来安抚整个季节了。

秋风又起

秋风起了，有些恼人。这几日内心有些慌乱和寡淡，便总想寻些温暖来安抚自己，当然也想安抚季节。

此时故乡的风，已不是那种吹过发间恰到好处的微凉，多少带着一些寒意了。

久远的光阴中，这个时候应该是和父母一起在场院里了。故乡的场院在马路旁边，路边是两排高大的杨树，笔直参天。那个时候我大多坐在树下，看着场院里的人翻草或者挥鞭。小毛驴拉着碌碡一圈一圈地转着，场院便一点一点地平整光滑起来。一些鸟儿停在枝头欢坐地叫着，还有几只，悠然地在场院边上踱步。人声鸟语，两不相扰，恬淡如我那个年月的心情和那个年月的光阴。

不消多日，少年文字里那些沉甸甸的谷穗、高粱就被拖拉机载到场院里来了。总觉得那是一段飞扬的时光，镰荆在飞扬、谷子在飞扬，连稻草也在飞扬。我喜欢看扬场，看那些物影和人影的穿梭起落以及或喧嚣或安静里所流淌的喜悦，那种尘世里原始且纯净的喜悦。

一直喜欢稻草，总觉得它有一种温暖的味道。每次触碰稻草，总有着幼年时嬉戏在稻草间的妥帖与安稳。场院里的那些谷草垛很高，小时候我们曾在那里看过云，听过风。而今，风和云依然从天涯来，只是那些人却向天涯去了。

野旷天低，秋风飒飒，稻草人的世界开始寂静下来。没有庄稼的簇拥，自是少不得那些许的寥落入眼、入心。父亲捆扎的稻草人没有眉眼，但我却始终能感觉到它的笑意，有种父亲般的温暖与宽厚。风来雨往中，那种静默的守望，让你在凝视它的目光里，有种怜爱与感动。

鸟儿从它身边飞过，秋虫在它脚下鸣唱，它只是看着远山，沉默不语。从来都觉得稻草人是有灵魂的，它也曾在风中舞蹈，在月光下微笑，甚或在那满地庄稼离开它的时候，它还有过沮丧和寂寞。葱茏的山峦渐渐质感，稻草人的身影渐被风干，那身岁月的筋骨，最终匍匐在了田野上。它从大地中来，又回到大地中去，这中间的风雨荣枯便是人生的来来去去吧？

越来越觉得故乡于我，恩重如山。倒不是生于斯、长于斯的感慨，实在是它给了我人生了然无趣时一份可回忆的时光与温暖。从来不解那些讳言故乡的人内心到底有着怎样的感受与初衷，只是觉得他们对故乡的闪烁其词有些卑微和可怜。大抵是内心和精神太贫瘠，撑不起世俗的一点点冷语吧！

心安处，只有故乡。听说人在百年之后，灵魂要捡起他一生遗落在各处深深浅浅的脚印，全部送归故乡。那么，也好！至少我的灵魂不会为了寻找我的脚印而无所适从或茫然无措。因为，我从未走远。

我是个不爱喧闹的人，大多时喜欢独处，安静地独享一些时光。倒是这秋天好像不适合独处，那一地金黄和阑珊的意味，总有着一种深深的、浓浓的、不可遏制的寂寥。秋风起处，落叶纷飞，回旋之间，那么悲壮，却也那么让人不安。

倒是很希望自己是个不善于打探秋凉的人，可秉性却总是在第一缕凉风吹来的时候，便感觉到秋的况味了。那是一种怎样的自相惊扰呢？不过这秋风一来，定是有不少如我一般的女子伤怀不已。想来，要越发地暖性待人了。

四季往复轮转，倒是如常。而人生终是一段无常的旅途，那些渐行渐远的人或者事，都被唤作旧时光阴，再也回不来了。可风过处，我刚好在那里，这便是喜悦了。

天凉好个秋！无论天涯咫尺，让我们各自安好吧。

秋事

一

偏爱月色，已是很久的事了。

我看月色，亦是钟情那种最自然的地方。若是红楼边、画舫旁或紫绡帐外，便觉得月色多少是沾染了一些脂粉气的。而长街小巷、梨花院落或是杨柳岸边的月色则带了一份萧疏的宁静，质朴得很。

中秋之夜，未燃灯火，坐在落地窗前。只是这月倒似金贵之躯，琵琶遮面，行色匆匆。也好，秋来心思嶙峋，少有这般平和气象，就这样安静地坐着，浸润在时光里，也未尝不可吧。

蟋蟀的叫声从窗子的缝隙间挤了进来，甚是好听，暗夜便也显得生动起来。乡下院落蟋蟀是很多的，草丛里、瓜架下，有时甚至连堂屋角落里也会藏着一两只。夜是蟋蟀的天堂吧？没有扰攘，没有喧嚣，它们的叫声便也清脆得很。而今想来，都是些尘世的欢喜。乡下院落最是清净，几垄晚熟的秋菜，一篱疏疏落落的牵牛花，阶下闲草以及清风明月，都极适合虫儿安生。老屋里有些包浆的老物件儿——雕花朱漆板柜和那把暗黄木椅，沉静温润，妥帖安详。想必这淡淡的亲切都是虫儿所依赖和钟情的吧。

千万般熙攘的小城，隆隆声和钢筋水泥盖过一切，怕是那虫声终将渐行渐远。至此，真真的有些落寞和惶恐了。

二

时令才过中秋，天却骤然凉了。又逢近日阴雨颇多，便鲜少出门。帘外细雨绵绵，室内茶气氤氲，难免让人生出些赋闲的念头来。

居室中那几株花木甚是繁盛，叶片苍翠，且泛着幽幽的光色，那颗被秋凉惊了的心，委实多了些温暖。总觉得闲花杂草透着一种风清水秀、云淡天高的况味，便越发喜欢将自己养在花木之中了。侍弄花草，自然要看得花开花落，初而黛玉情怀，继而荣枯洞明，后来便是黄叶落尽、寸心不惊了。更是觉得万物所生的悲喜，其实都是人的不堪罢了。草木一季，盛开和零落，都是它最自然的活法儿。顺其自然，才是对生命最真诚的敬畏吧。而我们只宜看着它，然后，不动声色地微笑。可我终究是个善怀的女子，即便是些枝枝叶叶，也会惹出些惆怅来。

友人曾说："既喜花木，何不养些可结果实的，人生岂不更饱满？"其实，喜欢是因，而置于居室便是果了。那么，繁盛与谢落的花期也就是人生了。这样想着，竟忽然掩面：原来我们与万物只隔了一个懂得的距离。那么，若是懂了，当是可以引为知己的吧。

闲暇时候，喜欢坐在花木围拢的木台上，从藤筐里抽出一本书，轻轻弹掉书衣上那层薄薄的灰尘，也或许那只是一枚扉页斑驳的残本，微微泛着那种颓废的烟熏黄，显露出一种温存的旧气，有些复古，有些寂寥。翻开书，恰看到柯灵的那篇《巷》文："那里常是寂寂的，寂寂的，不论什么时候，你向巷中踅去，都如宁静的黄昏，可以清晰地听到自己的足音。不高不矮的围墙挡在两边，斑斑驳驳的苔痕，墙上挂着一串串苍翠欲滴的藤萝，简直像古朴的屏风……"景致与情致，如此般味泽不串，那种欣喜与幽思便有些一言难尽了。

三

纵是过了为赋新词强说愁的年龄，但秋风摇了叶落，拂了衣冷，却总会有些未明所以的忧伤。

好久没有到对面公园走走了，恰逢微雨，索性撑了伞出去。公园铁艺栅栏上的藤蔓，早已失去盛夏时分的翠绿生烟，而是那种暗绿相间微红，在雨水的浸润下泛着沉郁的光泽。不过，倒是那微红，在这萧瑟的秋天，在这凉薄的雨里，让人的心潮略生澎湃。大抵是雨的缘故，公园内游人寥寥。加之少了苍翠葱郁，一切都显得有些沉寂了。我很喜欢公园的青石小径，以及青石缝隙间的苍苔碧藓，总感觉那里面满是古意、雅致和闲落之美，更是透着岁月的况味。只是，那条曾经的青石小径，再也寻不见了。

若是晴天，阳光恰到好处的温暖，衬着一地金黄，也颇有些韵味。只是这微雨之中，叶子便是那种凄凄冷冷、零零落落的悲凉了。一个男孩儿从身边跑过，在不远处停下，弯腰捡拾几片落叶，甩甩叶子上的雨水，攥在手里跑远了。无忧年华，竟是些喜悦，微雨凌乱，也无暇计较，更不至颓废或空虚。只是这岁月不禁说，也说不得。似俯仰即过，且再也回不来。

公园南的墙边有几株小野菊，乱草丛中，修长的花茎兀立着。几朵或紫或黄的小花，穿蓬蓬杂叶而出，在雨中盛放，凄清冷艳。当周围一片凋敝之色，它便尤为显眼了。再衬了那段斑驳的墙，倒似增添了一园的清趣呢。始终难将菊花看作金盔铁甲，自然不觉得它有着那种重重的杀气与锋芒，它只是喜欢凌霜而立，多了些凛冽之气罢了。倘若做人也是如此，寒凉之境不减妖娆，不失劲节，那么一切沉浮便全是平常了吧？

雨滴轻轻落在湖面之上，细碎的波纹缓缓散开。当与其他波纹相遇，便生出许多新的纹路来，相交相错，相抵相融，却是那般不急不躁，温软而舒缓。这个季节，秋水和长天不着一点笔墨，也是可以自成一番气象的。秋水明镜，长天风起，都是这个季节极美的风情吧。有些情怀便好，毕竟秋日还长，这美当是不会错过的。

四

房间里那几个木质花架，除了花木，还安置了一些心情小件，娱人悦己，甚是喜欢。天气晴朗的时候，我和先生会将花架移到阳光之下，晒晒花木，也晒晒心情。然后，烧一壶热茶，窗前一坐，四周闲望。看红凋绿落，看人群往来，看窗前那根被阳光打上银色的蛛丝在风中摇荡。也或许什么都不曾看到，只是在想念一段旧时光或一位故人。

"在青山绿水之间，我想牵着你的手，走过这座桥，桥上是绿叶红花，桥下是流水人家，桥的那头是青丝，桥的这头是白发。"那一刻，我忽然想到了沈从文文字里的某些细节。

这时光，可真好！

初冬

一

似今年初冬的情形,确是极少见的。

立冬过后,便一直阴雨绵绵,算来,已有半月光景。

街道两旁,树丫渐凸,倒是低处还挂了些或黄或绿的叶子。尽管有些色泽,怕是这微风冷雨中,也很难生出盎然之感了。也好,若是少了寂静清冷,便也难得冬天的况味了。公园的半面砖墙上,依然有些枯藤枝蔓,间或几片或苍黄或暗红的叶子,居然勾勒出一种疏骨的美来。微雨天气,街上行人稀少,地上的叶子在雨水里泛着幽幽的光泽。曾和先生说:这个初冬,颇有几分江南冬日的韵味,朦朦胧胧、阴阴郁郁的,连同脚下的叶子,被雨水浸润得有了韧性,也很难听到往年西风白日里那种脆生生的响了。路边有些不知名的秋花野草,仍旧有些含蓄的生气,从落叶堆里一点点长出花瓣和绿叶来。忽然觉得人生就是一场声势浩大的路过,在恰好的时间里,路过一些人、一些事、一些忧伤和一些美好。如这般温暖的相遇,谁又说不是上天的慈悲呢?

行走间,总是有叶子从树上落下,凉凉地划过鬓发眉梢。终究深思善怀,最怕叶子零零落落,随风远去。想必树的苍老,也是从内心离别与无奈的创痛开始的吧?倏然,便生出些命运感和无力感来。其实,世间万物,谁又能数载春风不落?像野花野草一样活着,只是一种生命的坚韧,并无其他意味。若是只有深情,而不问得失,当是对生命最好的交代吧。

远处有箫声传来。从前听到箫声,便感觉山水要起雾了。而今,这雾一直笼着远山近树,笼着小城和故乡。箫是竹子做的,人说只适合淡泊仕途的人吹。若真如此,可正合了当下微风细雨的时宜。

二

对面人家的阳台，挂着几只鸟笼，老旧的纯木色，古朴雅致。鸟儿的鸣叫清脆婉转，甚是喜人。衬着花架上繁盛的绿植，颇有些田园的意味。看着，便越发想念故乡的那些鸟儿以及老屋檐下的那些燕子了。只是鸟儿越来越少，燕子也不再回来，记忆里那些脆生生地鸣叫和掠过头顶的惊喜，也只能成为一种颇为生动的念想了。

常说一场秋雨一场寒，眼前的冬雨更不必说。平日街道冷清，只是清早或傍晚，附近的幼儿园门口便会聚集许多接送孩子的家长。即使这微雨天气，他们也似乎不急于散去，打伞的或不打伞的，三三两两聚在雨中。埋怨着天气，诉说着路途艰难，议论着时雨时雪的日子如何给孩子添衣保暖。也有家长一直在唠叨着孩子如何不听话，自己又是如何失望和无奈等等。想来凡尘俗世之中，尽管人们为生活凝聚了太多热情，却终是禁不住这季节冬天与人生冬天的寒冷，你或者我，都无一例外吧。

却也记得那个傍晚，夜幕四垂，街灯次第亮起，是那般幽幽暗暗的光亮。阴冷潮湿的空气，让人有种说不出的慵懒和低沉。抬头，见一中年男子，身体跨在自行车上，只是左脚撑着马路边的石阶。自行车把上，挂着一块牌子，上写"搬家、卸货、修理管道"。而他的手里，是一块似乎泛着冷气的发糕，他一口一口地吃着，平静温和，兼有微微地浅笑。曾渴慕知堂的闲情，喜欢他那种苦雨斋倚窗静坐，与友人闲谈吃茶的别致光阴。其实岁月里，还有这般生动的沉静。那笑，很暖人。

十月初一，本就心绪低沉，偏又雨雪相杂，越发觉得这愁层层叠叠、起起伏伏了。近几日，总是在路口看到些瓜果纸灰，想来也尽是些美好的愿望与遥远的呵护。先生不在，我便只好独自给已故的亲人送些纸钱和寒衣。碎碎叨叨地与母亲说了许多，最终都无非是些想念和牵挂。细碎的火光里，慢慢有些纸灰升起、落下。在那个瞬间，忽然想起故乡，想起故乡的月色和青山，只是今晚除了冷雨，什么也没有。想来，人生总有些情意会伤筋动骨，哪怕一些细碎薄软的灰尘，触碰时，也会令人疼痛不已。

一朝相逢，一夕离散，一幕无常，只有经历了，才能看透。若是聚散有时，当是可以念及，不必深究的吧。

三

阴雨绵绵的天气，人慵慵懒懒，倒是房间里那几株花木，依旧风生水起，颇为繁茂。只是那两盆金钱草，少了阳光的温暖，便脆弱得生出些黄叶来，让人颇感不安。倒不是希望它终年碧绿，来讨好我的心情，只恐它枯萎，断了我们的缘分，那该是很怅然若失的吧。木架上曾经的空花盆，已大多栽上了花草。从此，盆与花，我与季节，便都不会寂寞了。

室内花木葱茏，若是窗外冬阳高照，定会让人生出负暄的念头来。一窗冬阳，半室花木，几只藤椅，对坐把盏，负暄闲谈，而炉上的壶里正有茶汤翻滚，这时光可真是有些暖意了。

小时初冬，总感觉衣衫淡薄，瑟瑟地难以安生。课间，大家蜂拥跑到满是阳光的墙角，挤在一起晒太阳，当是那时最有趣味的事了，暖暖的，很快乐。这是一种极其烟火的日子，不同于那种三五好友围坐，悠然品茶，说着茶相的清雅或文气。只是这负暄无分贫富贵贱，一如日子在艰难里也会开出花来，自得、愉悦便好了。

只是这个初冬，负暄倒成了遥不可及的事。

尽管近日赋闲家中，可冬日一来，笔下便也消沉了许多。筐子里那些诗词古籍，依旧安静如常。一直喜欢古文，正如胡竹峰所说："读古文仿佛置身博物馆，先秦文章是青铜器，楚辞是陶罐，魏晋文章是汉瓦，唐宋古文是秦砖。具体说，庄子是编钟，老子是大鼎，韩非子是刀俎，李白的诗是泼墨山水，杜甫的诗歌是工笔楼台，苏东坡的小品是碧玉把件，柳永、李清照的词是白瓷小碗，三袁、张岱仿佛青花茶托。"很喜欢诗词中那种纵横历史的古意，无论生寒的铁甲抑或槛外菊花，都老成了一种风骨,即便淡得几不成墨,也依旧色香味俱全。

纵是时光稳妥,这个季节,总是有些想念旧友。想来山高水长里,总有些人间真意,而这真意是可以抵过冬凉的。

喜欢独处的日子,没有繁杂计较,没有风声鹤唳,无卑无宠,无喜无忧,顺其自然,也落得清净。可寻些书边闲趣,也可天马行空地放些狂想;可想些昔年旧事,也可倚窗望尽日暮天光。

若是心能妥善安放,便什么都好了,又何须介意它暖阳高照还是细雨霏霏呢?

春日闲话

一

昨日才和友人说：如今好生奇怪，离了故乡，似是没有其他情怀可表了。想必是年华老去，一颗心厌倦了颠沛流离吧。

春日，阳光渐好，便越发地喜欢和渴望回到老屋去。

其实，老屋已然不在，但我依旧喜欢这样称呼，总觉那里面有一段温暖的光阴。

新房院落里刻意留了一小片地，倒不是想借此种些果蔬养家糊口，只是想留一段闲情、趣味或者光阴罢了。

前几日回去，一早起来，和家姊清捡地里的碎石瓦屑。阳光暖暖地照着院子，墙角的新草吐着绿，树上的鸟儿鸣叫着。看着一点点细碎平整起来的土地，想着种些菜籽，渐儿嫩芽萌动，然后土地被繁盛的绿色深深地掩起来……这日子，便透着千般的好了。

春日傍晚，才是故乡最美的时候。炊烟袅袅，余晖夕照，映出一川的暖色。那些暮色烟霞里的归人，有的荷锄，有的牵牛，从曲折山路缓缓而来，走进杨花似雪般缭绕的村庄。

春去春又回。季节的春色细水长流，而人生的春光却没有天长地久，即使你千般念着，却再也寻不来。

前几日回村，看到街头聚集很多人，问及家姊，才知道村里在为一病重乡亲组织募捐。据说他未及知天命之年，却患病数载，如今债台高筑，明知无望，他却死活不肯离开医院……想来，人生在幸与不幸之间，确是没有任何风度可言。之于生，凡夫俗子，恐怕都是可以低下头颅或放下风骨的，无论你或者我，无一例外。和先生捐了些钱款，内心却未感释然。眼前春光无限，却怎奈生命无常。想来人生中那些死不旋踵的执着，于生命着实有些苛刻了。

行于岁月之中，记忆和阅历越来越繁盛，而手里的时光，只怕越来越薄了。其实，能够站在时光两岸，看尽一场场春光，便是很好了。倘若能有人与你并肩，那应是再美好不过的事了。

二

山坡、田野、院落杏花盛放，适逢微雨薄雾，便忽然想起"燕子不归春事晚，一汀烟雨杏花寒"的诗句来。于小城而言，或许这一汀烟雨要被唤作一川烟雨才更为妥当吧。如此一来，那轻细如缕的伤怀，便瞬间浩荡起来。

到底是文人，寥寥数语，便会直抵人的内心。应了此时彼景，和了千愁万绪。

说起来惭愧得很！别说文人，细想之下，恐怕自己连个文化人也算不得了。除了母亲常言的识文断字，确是没有能力教化他人，甚至连自己也没有教化得好。至此，颇有几分颓废和低迷。

自认读书极少，至于文学研究之类，那更是他想了。很喜欢一些短文小章，或醍醐灌顶，或暖心暖肺，光阴和情怀都那么沉静和喜悦，便满足得很。

不远处，一树花开，似雪如云，煞是好看。若是近了，却有些残缺和锈迹入了眼帘。其实就文人而言，我也只是喜欢观其文，而非近其人。相得益彰固然好，若是大相径庭，那便极其懊恼和沮丧了。总会让人联想到清风明月下，古瓷花盏间一张滔滔不绝的嘴，煞了风景不说，光是那种惊恐和错愕亦是许久难消。

红尘紫陌，自是纷杂。躲不得便罢，若是可以少些，那真是造化之事。想必没有谁肯真正地喜欢与狭隘、阴暗、计较、自大、钻营、算计的人有所往来，即便那人妙笔生花。读文学，无非是丰盈岁月或者人生，定不是想拉出一个厌恶的角色用来相处。想来，文如其人有两解，如文一样好和如文一样坏。似我这般单纯心性，定是没有胆量和智慧与后者相处的，无论红尘俗世，抑或思想灵魂。

倏然想起元稹，想起他那句"曾经沧海难为水，除却巫山不是云"的诗句。而坚贞情意的背后，却是人影幢幢，我们几乎看不清是崔莺莺、韦丛抑或是薛涛？诗与人，坚贞执着与负心薄幸，感天动地却又极度不齿，人格分裂得天马行空、惊心动魄。

怕是患了某种后遗症，如今便只喜文字，再不问人了。

三

或许是自己太过寡淡，容不得一点纷繁扰攘的缘故吧，总是向往着陶潜那种醉在东篱之下或南山之畔的生活，衣袖间只有清风明月或者淡雪菊香。

从来不喜欢霸气的事物，那般咄咄逼人。若是风骨或才华确是达到不可争锋或逼视，倒也无可厚非。只怕人性极其卑劣，却又那般张扬和蛮横。但凡遇到这样的人，我脑子便只剩那句：穷寇莫追，穷寇莫追！之于一些内心贫瘠，不齿之事都要拿来炫耀的人，用穷寇一词，当不为过吧。

人与人间，最初一见钟情，最终一往情深，那该是最美好的结局吧。我们总是幻想着遇见一个与自己个性与修为都相近的人，然后在温暖的阳光中，讨论风涛。只是人生光阴中，没有那么多如愿以偿！定会有些人、有些事越来越荒腔走板。不打紧，转个身便是，权当历经了一点小纷杂，而如今的决绝也定是一种小惊喜了。

走着走着，花就开了。阳光折叠在枝头，暖暖的，那般熨帖人心。

这春光，多好，其他当都是些闲事了。

岁月生香

光阴,大抵是最不禁说,又说不得的。

一

北方春短,兼之气候多变,几日春风骀荡,几日春雨如愁,再一日春雪轻扬,这春也便所剩寥寥了。

还盘算着到春天里去,好好看看阳光的影子,看它们安静地照在爬满绿萝、高高的屋墙上。然后,倚在窗前,等待蔷薇花开。可这春,这光阴,终究是不等人的,才觉柳烟清寒,一转眼,却是叶子如眉了。桃之夭夭,也才媚了几日,一场微雨,便也化作香尘了。窗前那几株丁香,倒似颇有灵性,一旦盛开,便会从窗户的缝隙间挤进来唤我。最喜夜晚,看西窗白,纷纷凉月,一院丁香雪。

单位东侧,有条林荫路,高杨参天,颀长秀美。好在每日午间,都在此散步,赏些花色,不然真是辜负了春光呢。

路旁那些花草嫩芽,渐渐浓密起来。阳光正好,几只猫在光影里互相追逐,瞬间又俯卧或静立,似是与这春光不惊不扰。不远处,几个年轻男孩走来,带些骨头、杂粮,一经放下,那些猫儿便迅疾而起,欢生生地跑去了。我微笑地看着,看着这春日阳光,以及春日阳光般的年华,内心甚是欢喜。只是彼时年少,不知长情,以为所有时光都可来日方长,可倏地一下,青春已远在云端了。任凭你怎样细品,都已不是当初的春山秋水。霎时,便有些戚戚然了。可这春,是只宜珍惜,不宜落泪的啊。

此处临山,小区便有些小块田地和矮矮土墙。数棵浅树映着窗前一蓬繁花,偶尔传来几声人语,也大多和田间抽芽的桑麻有关,十分烟火,却是千般温润。

那日，单位院中笑语颇多，恍然，原来又是海棠风起的季节了。怎奈近日心疾相扰，待我去时，已过良辰。那些花儿早已抱香枝头，怀揣着结子的心事，缄默不语。也好，虽是刹那芳华，却也是见了自己、见了天地、见了众生，其他，当都是些寻常了罢。

办公室柜子上有一盆彩叶吊兰，紫色的茎叶，繁茂成一团紫雾，披拂而下，又翻卷而起。间或，在丰腴的叶的顶端，开着一朵两朵粉紫的小花。我是背它而坐的，那一日转身，与它相视，顿生出深深的羞惭来。可曾如这花儿一般，坦然自若，静默盛开，却不问春秋往来？

二

几日花雨，春事凋敝。便倏然想起朱淑真的那首清平乐，劈面四字，"风光紧急"，用词着实惊艳，却也着实惊心。你看，又是垄头麦，迎风笑落红。小满从四月秀蔓的深处，猛地钻了出来。

夏天好，夏天悠长而寂静。

村前公路的缓坡上，那些闲花野草浓密有致，散散淡淡，在风中兀自摇摆。槐花，已洁白似雪，披挂在高高的枝头。阳光照下来，那些花儿便透出清宁温润的色泽。树影里，有零星的温暖散落，一些蚂蚁在其中走走停停。

在故乡，总喜欢去那些细细长长的巷子，看看那扇缄默的铁门或院内雕花斑驳的窗。偶尔会遇到颠着小脚儿，颤颤悠悠走来的老人，擦肩时，浅浅地一笑，煞是好看，感觉眉眼间尽是些清风明月。想来那些平静的人，心中定是有着自己的山水。只是他们看惯风雨，便鲜少有纵横的心事或拍岸的惊涛流于岁月吧。巷子深处，那条长着铜丝草的墙缝以及染着绿藓的台阶都还在。我弯下腰，谦卑地凝视着。大抵只有自己知道：那些幽深且悠长的光阴，似乎就附着在这里。

夏日，最适合待在故乡。在青草葳蕤的院落品茶，天空湛蓝，云朵从头顶飘过。或者把自己丢进一把寂寞的老藤椅中，在烟熏黄的旧书本里，风雅地度过一个清晨或午后。也或者只是静静地坐着，听鸟儿唱着农事，看夕阳沉入山岭，炊烟在灰色瓦楞间渐渐弥散。若是能遇到一个与自己个性修为都相近的人，在温暖的阳光中讨论风涛，那更是再好不过的事了。

其实，只要我们都在，便是最好的时光了。可那个正值风华的人，却忽然地走了。定是内心太过悲凉，我才会感觉到那个清寂的夏夜，有风穿透衣裳。人生有时像极了刚刚过去的春天，无论我们怎样欢喜，怎样不舍，怎样情深义重，它还是会离去。若是彼此都未辜负，当是最好的交代了吧。倏然觉得，生命的觉醒与开悟，是多么可贵与奢侈的事情。

三

我素喜简静，为人疏落，不曾自讨喧嚣，亦不惊扰他人山水。大多守着自己的日月，安安闲闲，算来也是一种觉醒吧。

厨房的台案上，原木色的藤条小筐里，整齐地摆放着洗好的果蔬青菜，清清凉凉。先生哼着小曲，身影在氤氲中往来。我抱着电脑，倚在沙发上，手指如蝶，字亦如桃花盛开。想来，若是内心安宁、素简，即便瓦可漏月、门不闭风，日子亦是可以无比生动的吧。

喜与不喜，流年和世事都将会来，也终将会去。倒不如执一怀素念，微笑着看花飞雪乱，看岁月生香。

写在夏末

一

写在夏末，四字一落地，内心和指尖便陡然生出些凉意来。曾经觉得每个节令里都有一种岁月的温暖，而今想来，那种"觉得"一定是生在初春的。不消几日，便是立秋了。古语有云"立秋之日凉风至"，而此境之下的凉薄之感，当不是秋风所致，而是倏然感觉那支岁月的箭，迅疾无情地擦过鬓发耳边，冷冽而凌厉。错愕地凝视着那一地的老旧光阴，方觉心惊胆寒。

多日雾气涟涟，不见日光月影，连窗外的虫鸣也多了几分浑浊之感。昨夜还与先生说："每听到窗外的虫鸣便会想起故乡和老屋，以及一窗灯影和那轮明月。"

想必是这个夏天回去的少了些，而又时逢夏末，心里便生出了想念和惋惜，令自己敏感和不安起来。

或许是性情，抑或许是光阴，对那些老旧事物总是心怀感念。从小城至故乡，路途蜿蜒曲折，两旁树木相拥而起，茂密处似碧色穹庐。心情或心事行走其中，亦都是那般温婉润泽。路旁的闲花野草，在斑驳的日影中摇曳，静默地随春秋往来。从不见有人问津，却也不曾见它们有过怎样的颓败和落寞。或许它们也会有些微感怀，只是那些感怀都化作了通达自然的冷静与安宁。那日，看到路旁的树木被一一伐掉，曾经被浓荫遮蔽的路横陈在阳光之下，一颗心骤然灼烧起来，生疼得不容触碰。

总觉得有些往事挂在枝头或绿叶间，只要抬头，便会有些岁月的影子迎面而来，丰饶自己渐瘦的光阴和渐薄的记忆。时常路过那些花草，却没有悟得荣枯轮回以及随缘与敬畏。好花知禅意，安心任去留。偏执，终究会生出烦恼来。

二

即便不回故乡，亦知道我惦念的那些都在。山依旧青翠如洗，田野依旧葱茏无际，只是不知那些飞鸟与蝴蝶是否是当年的那一只。院子里的果蔬被家姊打理得甚是繁茂，蓊蓊郁郁。令人欣喜，也令人心怡。那晚，未合帘幕，有月色和虫鸣踱进屋来，清清凉凉的好。流年似水，历经沟壑沉浮，人生与人心渐而从容了许多。与儿时的新奇惊喜不同，而今便都是些沉静与安详了，正好用来踱着方步在时光里浸润，即便有些喧嚣，也毫不相扰。

其实那些旧时光与故人，都像极了碎了一地的烟火，那种美好和温暖再也无法触及。

说着一切都在，却又忽然地落下泪来。那个在窘困的岁月给予过我们无数温暖的邻居，悄无声息地走了。在她的棺椁前，燃了很多纸钱，以缅怀曾经的恩情与岁月。红尘俗世，总有些事令人哑口无言。一如她，做了一辈子医生，却终究带着病痛离去。亦如我的父亲母亲，锄了一辈子草，最后却被蒿草深深地掩埋……

想来世间最冷酷的莫过时光，无论我们多么情深义重，那些不舍都会绝然而去。匆匆的光阴里，似乎永远寻不到传奇。

一切终将走到末端，如这个夏季，已末。其实忧伤和淡然都好，忧伤里的怀念，淡然中的随缘，都少不了珍惜相佐。如此，便是没有白白地路过了。

有人说：将自己放于天地之间，然后微笑着走开。只管在途经的路上看花开雪落，风生水起，无须执意自己是逝于春色还是卒于秋光！很喜欢这句话，想着若是能参透三分，也定是可以赢得一程了。

三

年龄已过花信，尽管再不能单纯到忽略世事，可我终究不喜尘世的铅华脂粉，便也是能远则远了。毕竟懂得自己的深思善怀，若是因为一个人或一件事而披上厚厚的铠甲，定是不堪其累。终究还是喜欢那些舒缓的文字，那些温软的棉布衣袍，无论置身怎样的光阴，都是万般妥帖安详。

其实每个人的背后，都有着各自的身不由己，只要向心而行就好。

在故乡，曾看到一位颤悠悠颠着小脚的老者，在旷野的春风里摇摇晃晃。她衣衫单薄，两鬓斑白，为一棵苣菜或灰灰菜谦卑地鞠躬。她说她喜欢这些野菜，曾给了她生命和绵长的岁月。我想：当生命走过漫长光阴，到最后都只有谦卑和感恩了吧。

秋日将来，阳光正好，那一蓬繁花尚在，还有你我。如果可以，不妨坐在穿堂而过的风里，娴雅地品茶，不言不语。当然，也可以寻一处透着岁月感的旧苑荒台，二两小烧，一碟花生，论些英雄旧事。

走过光阴，我依然寄望远方和田野。

深秋

深秋，终是稍显冷峻。即便那些不喜欢打探秋凉的人，看西风渐起，落叶簌簌，恐怕也很难不动声色了。

一

十月得闲，却依旧鲜少出门。友说我多思善怀，对瑟瑟的秋总是怯生生地躲着。倏然觉得尘世里最温暖的事，莫过一份懂得。

楼前有片爬山虎，才近十月，便是那种艳艳的红了。昨日再去看，成片的红色中，多了些暗紫和枯黄。衬着斑驳的墙，似有些旧时光附着在叶片上。那个苍翠葳蕤的春天、阴雨绵绵的夏日以及那张泛黄旧照里的少年和两鬓苍苍的父亲。时光一去，终是再不可得。倘若那些旧苑荒台之上还能寻得余暖，当是情深义重之人了，总要好过身前身后一片冷寂。

几只花猫从院墙上溜下来，安静地蹲在墙角，瑟瑟的样子。若是阳光正好，它们便会慵懒地躺在落叶上，由着性子地蜷缩或舒展。不惧喧嚣扰攘，亦不担心似水流年，如这般安生自在，真真的让人羡慕不已了。

院里花木很多，只是这秋一来，繁花渐落。倒是那些树，依旧欢腾腾地浓酽着。那棵黑枣树，是楼下老伯种的。我和先生都说老伯是个极热爱生活的人，他家的葡萄树、香椿树，还有些我尚不知名的，都打理得极其繁盛。那日，见老伯颈间挂了个盒子，正站在梯子上采摘黑枣。老伯的老伴儿，在屋内倚窗看着。偶尔听得几句絮叨，似是让老伯小心之类的话。透过稀疏的叶子，我清晰地看到了老伯眉眼间的喜悦。人说秋的韵味在于浓酽，可太浓酽的东西，大多会给人燥腻之感。倒是树下的几片残叶和树上微笑的老伯，让秋境显得意味深长起来。

俗世烟火与岁月风霜中，若是依旧兴致盎然，该是多么值得景仰与庆幸的事啊。

二

夏日，荼蘼花满，过分妖娆。而这秋天，尽管微凉，却有着内涵，多好。

晴日，走在小城的街道，便会听到清清冽冽的声响。脚下的叶子脆脆的，树上的叶子正在风中起舞。阳光亮得刺眼，可人们却毫不避讳，大多寻了阳光处闲坐。想来北方人的负暄之乐，从秋日便开始了吧。

几位老者，围在一起下棋。棋桌只是一块陈旧的木板，上面画着几条线，隐隐约约。围观者，有人不语，亦有人吵嚷。阳光斜斜地照过来，棋子的影便浅浅地投在线上。正午时分，对弈的人散去，四周骤然清寂下来。棋盘上的几片落叶，静默无言。想来，无论谁的楚河汉界，最终也都融在了这秋水长天之中。

微雨天气，常喜欢出去走走。细雨滴在树叶上，无论深红浅黄，抑或苍绿，都会泛出些幽幽的光泽。石板缝隙间的青苔，亦不似盛夏那般碧绿，点点的苍黄。偶尔掠过眉梢鬓角的叶子，有些微寒意。或许是素秋难抵吧，小巷行人寥寥，只是在路口处，几个卖菜的老人尚未离去。他们撑起一把大伞，于伞下或蹲或坐，等待人来。石阶上的菜，收拾得干净整齐，即便没有阳光照着，也还是鲜鲜亮亮的，甚是好看。偶尔有人近前，老人都会说着自家种的菜，从未打过农药，吃着只管放心之类的话。若是有人买下，老人大多会搭上一两棵葱或几两菜。两相欢喜，那盈盈浅笑，于我以及多雨的秋日，当是最温暖的相遇了。

人说秋非利刃，却也伤人。秋天确是容易生出落寞和愁苦来。庆幸得友相伴，光阴倒不觉有多清寒。昨日与友小聚闲聊，听她们不经意说着彼此已有数月未见，心中陡然感伤、惭愧。纵是世事纷杂，却未至难以抽身，怎就少了一份应有的关慰呢？好在再次相聚，彼此依然欢欣未减。

想来那念念不忘的，终是些曾经让人笑靥如花或令人潸然泪下的光阴与故事。

三

忽然想去故乡的北山，想去看看秋天，也想去看看父亲。

山间的小路被杂树拥着，越发狭窄。一路向上，有披荆斩棘之感。偶遇开阔地势，抬眼便能看到连绵层叠的色彩，像一匹五色锦缎，被秋风一抖，从这座山涌向那座山。深秋，依旧有些盛放的花儿，点缀着田野山峦。轻抚之下，有种春日的悸动和欢喜。总觉得父亲应该在的，在云端，在漫山的林木间，在满谷的长风里。大多人渴望遗忘不堪、遗忘苦痛，而我，只想坐在父亲曾劳作过的大山之巅，遗忘天下。

途中，听山风吹过，看落叶纷飞。忽然觉得树与叶，人与人，人与光阴，都会有一场或几场身不由己的离别，便不由想起龙应台的那句话："你站立在小路的这一端，看着他逐渐消失在小路转弯的地方，而且，他用背影默默告诉你：不必追。""不必追，不必追"，默念着，不觉湿了眼眶。

四

喜欢赋闲家中，一切都不修边幅，一切又恰到好处。此时，慢饮一杯清茶，听着素素清清的调子。夜已深，犹有几分雨意。

明日该会有一场微雨吧。

冬事

冬日已久，而今才握起笔来，大抵是怕文字染了冬的萧疏吧？可时光深处，我们终究有所念及。

一

北方小城，冬日大多寒冷凛冽。深秋才过，不消几日，便是长松点雪，古木号风了。

小城有山有水，冬日也自不会落寞。路旁的树，虽是早已凋尽繁华，倘若将它与沉郁比附，终究是小看了它。劲节柔韧的枝丫，于风中呼呼作响，冬日便也生动起来。少了初春和盛夏的兵荒马乱，倒显了树的风骨。想来，人生的冬季也是如此的吧。

冬如山水泼墨，素简洁净，但有冰雪的地方却是大不同了。公园和湖面的溜冰场上，人影斑斓，穿梭往复，如潮的嬉笑声中，日子便是欢生生的样子了。

若是阳光尚好，照得冰面洁白晶莹，亮亮的晃着眼睛。岸边树影人烟，远山素朴深沉，终究有着几分北方的清朗辽阔。若是衬了戴雪的海陀，恐是更有些燕赵磅礴雄健的气韵了。

而故乡冬日，少有的萧瑟孤寒，反倒生出另一番气象来。

冬日清晨，群山寂静。炊烟袅袅升起，渐而笼了树木和村庄。有几只鸟从头顶飞过，清脆地鸣叫着，煞是好听。想着若是那年的旧识，该是多么令人欢喜的尘缘啊。天空中，几朵闲云悠悠地飘过，最后去了哪里，竟也不得而知了。山里的日光，淡如白银，清清亮亮，却极其暖人。想来故乡的时光，终是与他乡不同罢，即便冬日，也这般沉静温润，妥帖安详，让人心安。

小街尽头那个瘦弱的身影，稍一打眼，便知是小脚儿姑母。那颤颤巍巍，摇摇晃晃的样子，难免揪了人心，继而生出些无奈与悲凉来。倒非至亲，只是母亲生命的最后五年，大多是老姑母相伴度过的。无端地竟生出些老心境，怀念起母亲来。想必，生命里即便再寻常的遇见，一首歌、一帧旧照，甚至一场如常的落日，亦会教人记起一段光阴以及与光阴有关的故事，还有故事深处，那些流逝的匆匆面影。

　　傍晚时分，余晖涂满天边，阡陌沉静，芦花飞白。那条沧桑清寂的小道连着村庄，浅浅淡淡的一缕荒烟，却有种天荒地老的安宁。当灯火渐次燃起，黄晕的光便一点点、一片片铺陈开来，村庄越发祥和静谧了。只是那年冬日，父亲走了，我的故乡，从此少了一半风光。很早便听闻，故乡的山水，总能惹人平生心事。而今看来，竟是真的了。

二

　　这个冬日依旧很少读书，只过着不紧不慢的日子。大多时候站在窗前，看冬日阳光，斜斜淡淡地挂在枝头，抑或看楼间墙头的枯藤架上落着的麻雀。稍有声响，它们便四散而起，转眼，又飞回落下，叽叽喳喳，那般欢生、讨喜。

　　房间的花木，苍翠幽寂，将光阴也映得温婉柔和了。每隔几日，常青藤的顶端便会有些嫩芽探出头来，嫩嫩的、软软的，似是要生出无限的美好来。而那些绿萝的藤，早已沿着花架爬到了阳光的影子里，那叶子，便越发青茂古朴，耐看，也耐斟酌了。

　　幸福树的叶子偶有凋零，散落在藤条筐里，若不紧着捡拾，几日之后，便碰不得了。那种脆生生的响，总会惹出些悲喜愁伤来。终究是个善怀的女子，生死尚未参透。也好，有岁月清嘉，亦有山河浩荡，生命丰饶，倒也算不负时光的谦和与美意了。

　　始终以为，有茶、有书、有安宁，便是妥帖安放在心上的三寸日光了。

洁净的地板上，一只瓢虫慢慢爬过，怡然自得。不知它从哪里来，亦不知是否是秋天的旧识。倏然想到那个幽幽暗暗的傍晚，老人与孩子的身影，被微弱的路灯光映在草地上，昏昏黄黄。风里，只听得孩子懦懦地、细细地问道："猫怎么会死了呢？它还回来吗？"纵是知非之年，纵是看尽太多繁华如水，却终究被生死扰了心绪，教人不知如何收拾。之于惆怅，我更喜欢哀愁，总感觉惆怅有点像江南的黄梅雨，沉闷冗长。而哀愁却有一种觉醒的滋味。若是懂了"当下即永恒"是否所遇故事，都不再云水激荡？世间万物确是没有地老天荒，若是无所愧疚，且当得起情深义重，便是最好的修为了吧。

想来，改变我们的终非时光，而是那些我们在时光里所遇见的故事。

三

稀疏的爆竹声，从远处传来，这年也便近了。

周边的商店或街边的小摊儿，一眼望去，红彤彤的一片。尽是些对联、灯笼、福字之类，浓浓艳艳的，令人有说不出的喜欢。

离腊月二十四，尚有几日，却已见邻里开始擦窗扫尘了。说起扫尘，确是迎接新春的一件大事呢。

扫尘又称除陈，因"尘"与"陈"谐音，人们便想借着扫尘，除去旧年里的一切晦气、穷运与脏污，以求来年好运迭来。只是而今的扫尘，倒也简单了许多，擦擦掸掸便过去了。

可故乡远非如此。

扫尘的日子是一定要起大早的。屋子里的瓶瓶罐罐、锅碗瓢盆，凡是搬得动的，都要挪到院子里已收拾好的空地上，连那张熏得黑乎乎的席子，也被父亲拎了出来，搭在门前的木架上。母亲寻了些旧报纸，将水缸、铁桶、大瓷罐一一遮盖起来。父亲便举着捆在长木棍上的笤帚走进屋去……始终记得父亲走出屋时的样子，灰灰的脸，黑黑的鼻孔，睫毛上似也挂了些尘，颤颤的，被冬日阳光一照，衬着父亲慈祥的笑，竟有种道不明的暖意。

用木棍敲打席子，看似简单，我却极不喜欢。手指明明已冻得生疼，却始终不见席子洁净多少。那些瓶瓶罐罐擦拭起来倒是容易许多，换过几次抹布之后，便干净得几乎放出光来。大多傍晚时分，搬出来的东西都安安稳稳地归了原处，只是多了不少新岁的意味。

想来着实有趣，中国人过年，是极其周全和郑重的。每家院子里，都晾着洗好的衣服，层叠罗列，排场却也喧嚣。偶尔往来其中，颇像走在一部草台班子的戏剧里，只是而今的自己却真真的在戏外了。

纵是内心极喜欢这烟火气息，欢腾腾地有声有色，然而心绪终究不同了。只是有些情，道来不合时宜，暂且放在一边，不与人语罢。

四

"凉风起天末，君子意如何？"一瞥之下，便有些想念旧友了。好在年节时自有闲暇，又可见面小聚，说些光阴与故事了。即便是些久远的事，又哪怕蒙了灰尘，罩着铁锈，若是摊开来，仍旧值得唏嘘一番，都是可以感动人的。

人说随得因缘，方谓识趣之人。我倒也极喜欢二三莫逆友，三五知心人的日子。不见时有些微想念，小聚时有不可言说的舒心。其实无论想念抑或舒心，当都是人间最美的时光了吧。

那日，友短信予我："新年即到，希望你的梦里，有你想要的铁马冰河。当然，更想见你，听你说：我过的是我想要的生活！"瞬间红了眼眸。苍茫尘世，他们的好，都能配得上我的想念。

五

春将来，人未老，君子意如何？

妫川听雨

清晨，当细碎的雨声，玲珑地穿越耳鼓，我再也无法懒散于时光里。

一帘白纱，轻拢而起。然后，安然地坐在窗前的藤椅上，眼神透过清茶的氤氲，神思便随之而去了。

蒙蒙细雨，往往让人想到江南，想到那条寂寥的雨巷和油纸伞下结着愁怨的姑娘。丁香花的清幽凋谢在巷子尽头的叹息里，于回眸的瞬间，零落于青石板上。当我们跨越久远的时空，穿过妫水女飘飞的罗带，立足于江南朦胧的雨巷，脚下叩响的，依旧是那一阕温柔而凄美的闲愁。

流逝的岁月里，小巷如昔，婉约而多情。诗人的影子从我们的梦里走来，然后重又回归梦境。如丝的细雨，渐入平平仄仄的诗行。而千年的风情早已飘落，我们永远无法相遇，小巷里那个擦肩而过的凝眸，徒留得一世的茫然与难以抒写的岑寂。如此，何不掬一滴雨，微笑端视，然后，便会见得一个润碧湿翠的江南，恍若琉璃，温润满怀。

雨，无论江南抑或江北，只要情之所至，韵味定是自有千秋！

轻挑一帘冷雨，独立小楼，穷秋一样的晓阴，瞬间弥漫了浓郁的思念，自在飞花轻似梦，无边丝雨细如愁，那样密密斜织的幽怨，无法悬挂于银钩之上，只有交付于绵延的雨，飘飞至天涯，零落到那个熟悉的肩头。

雨是酿制情思的曲子，于是，便有了"行宫见月伤心色，夜雨闻铃断肠声"的惆怅，便有了"寒雨连江夜入吴，平明送客楚山孤"的幽怨，便有了"无端一夜空阶雨，滴破思乡万里心"的寥落，便有了"落花人独立，微雨燕双飞"的凄然，便有了"红楼隔雨相望冷，珠箔飘灯独自归"的叹息。此般雅致的情愫，真真的"点滴凄清，愁损离人，不惯起来听"。

雨脚儿轻轻地走过妫川大地，润滑如酥。放眼而去，朦朦胧胧的一片青青之色，隐约于若有若无之间，那样的一份欣然和跳跃，成就了遥看与细品的优雅情调，在细雨中淋漓。

雨，亦如笔，一过，便风景如画了。

点点滴滴，滂滂沱沱，淅淅沥沥，无边的清新与柔美，便宛然于其中。

细雨鱼儿出，微风燕子斜，临摹了一份闲散；空山新雨后，天气晚来秋，渗透了一份清阔；青箬笠，绿蓑衣，斜风细雨不须归，挥洒了一份惬意；七八个星天外，两三点雨山前，点缀了一份静谧；细雨湿衣看不见，闲花落地听无声，渲染了一份朦胧；海棠不惜胭脂色，独立蒙蒙细雨中，勾勒了一份幽雅；水光潋滟晴方好，山色空蒙雨亦奇，交织了一份迷离；咸阳桥上雨如悬，万点空蒙隔钓船，隐约了一份绵渺；绿遍山原白满川，子规声里雨如烟，营造了一份空灵。那样一种浮漾的流光，混搭了故土的清香；那样一种碎玉的清脆，糅合了乡音的温暖。入了眼，入了耳，然后入了心，层叠于记忆深处。任凭经年的日子，提取那些色泽或声响，把光鲜涂抹成柔软，把晌午弹奏成黄昏；任凭千里的路途，依旧可以透过雨帘，触摸到缙阳的山脊，妫水的眉梢。

无论是"秋阴不散霜飞晚，留得残荷听雨声"，抑或是"千里稻花应秀色，五更桐叶最佳音"，那细碎和玲珑的音色，从诗人的韵脚缓缓走出，细腻地滑过东湖宝塔的飞檐，清澈地滴落于我们的思绪，千般神韵，唯有自知。

曾经的燕子不归春事晚，一汀烟雨杏花寒，曾经的小楼一夜听春雨，深巷明朝卖杏花，那凋谢的花事里，有着怎样的凄艳与怅惘？有着怎样的盎然与寂寞？如今更是如烟散去，纯美的是那盏吟咏于妫川巷道的清酒，醉过，然后醒来。

青草湖中万里程，黄梅雨里一人行，孤单而寥落，唯听得风翻暗浪打船声。有约不来过夜半，闲敲棋子落灯花，笃定而深情，想必是灯花落尽棋未收。人在雨中，意在雨外，同时之雨，便也大不相同了。

牧雏不管蓑衣湿，一笛春风倒跨牛的悠然，牛背牧童酣午梦，不知风雨过前山的畅然，纯粹了红尘奔波的劳顿，如清丽的画卷，隔断了纷繁。俗世的迷茫里，伸手，便触摸到了灵魂的厚重与心性的灵秀，如品叠嶂松山的雄浑，龙庆峡水的深邃。

茶渐淡，雨渐停，思绪渐近。走出了剑门，走出了渭城，走出了杏花村，那缥缈的情思，安稳地回归于故土的雨季。窗前马路上的一柄花伞下，母女的笑声，随脚下的水花起起落落。我微笑着，将这份怡然嵌入了文字。

秋的味道

整个夏日,生活和心情都有些慌乱。秋风乍起,方才惊觉负了光阴。好在岁月宽宥,秋日尚在。

一

办公室置于阴面,虽有些寒凉,但那扇偌大的窗,被花木遮遮掩掩地映着,倒是颇合我意。只需稍稍起身,便可望见北山了。

秋日的远山,色泽沉郁,素朴古雅。若是衬了晴天朗日,却又多了几分北方的清朗辽阔。而那座海陀山,亦是渐渐地露出了筋骨,多了些葱茏夏日不曾有的锐气与凛然。倏而,竟渴盼起冬日来。想那海陀戴雪,磅礴雄健,若是恁时提笔,笔底定能多出些气韵来。

近处,楼宇林立。眼前那一处,颇有意味。黑蓝色屋顶,暗红与白相间的墙,沉稳却不失清丽。那白色用得极好,流光陆离处,一方清澈、空灵。而那些重重的心事与光阴,也似是都在这留白里了。

院落北墙处的梧桐,叶子自是少了些苍翠。不过,那种墨绿的色泽,反倒透出几分从容与端庄。阳光穿过横斜的枝丫和层叠交错的叶子,稀稀落落地洒在地面上。几只蚂蚁缓缓地爬过来,伸伸触角,左右逡巡一番,便径直奔着旁边的草丛去了。

喜欢梧桐的人,大抵是觉得它适合所有的境况吧?若是逢了三五之夜,好月如霜,看满阶梧桐的影,该是怎样的清绝呢?倘是梧桐兼了细雨,点点滴滴,恐是更要惹出不少愁绪了。

小巷里,那个黝黑的中年男子,守候在水果摊旁,偶尔吆喝几声,便倚了车子,漫不经心地嗑着瓜子。一老者颤颤巍巍地近前,反反复复、挑挑拣拣,消磨了不少光阴。那男子倒是极有耐性,一直笑盈盈地候着,始终不言不语，直到老人拎了苹果，渐渐消失在梧桐与古槐掩映的小巷深处。中年男子的日子和心情我无从知晓，只是车上那几篮苹果，红红艳艳的，温暖、安详。终究是岁月静好的模样，便也够了。其他，无须深究。

虽不曾起身，亦知是夕阳满天了。

余晖从西窗照进来，整条走廊变得金灿灿的。西窗台上有几盆花草，而我只识得绿萝，其他便都叫不出名字来。它们被夕阳一照，每片叶子都似镀了金一样，蓬蓬勃勃地耀人眼目。一束光，从那株线状花草细密的缝隙间穿过，被裁剪得细碎而柔软，朦朦胧胧地铺陈在走廊的地面上。窗棂和树的影子也随着橙色的夕照，斑斑驳驳地投射在走廊里。偶有风起，那些树的影子，便摇曳生姿，像极了时光里的美人，羞红了脸颊。走廊里安静极了，那些着了金红色的尘埃，自在地游弋着，华美、绚丽，丝毫未见黄昏逼近时的落寞与颓唐。想必，气定神闲，亦是可以生出些光华来的。

夕阳一点点沉下去，西窗台上的花花草草，渐渐地没入阴影里。楼道尽头那一片温温婉婉的光晕，少了明媚，倒越发地让人心安了。

叮咚一声，有人从电梯里走出来。因初来乍到，还不曾与之相熟，便微笑着点点头。

终是多思善怀。想来，经年之后，让我念念不忘的世事中，当是有着那张映满阳光的脸以及那条洒满夕照的走廊。

二

小城有片稻田，便是依在北山之下。

秋日风清，若是近看北山，当是可以望见山的棱角了。那些棱角处，或是着了些沉郁的绿，或是挂了些苍灰，山便越发地静穆与深邃了。看得入了神，倒觉得它更像一个默默无闻的老者，端坐在光阴里，安静地看春暖花开，听秋声老尽，却始终不置一言。

时令未及中秋，稻田四周的花草树木尚有些葳蕤的模样，将稻田映衬得万般金黄。

　　田埂上那些闲花野草，高低错落、摇摇曳曳，将大片稻田分割成整齐的方块。满眼的金黄色，便生出几分不紧不慢、不浓不淡的从容和精致来。偶有一两声虫鸣，欢生、清脆。兴许是秋日一来，心生寥落的缘故，虫鸣便也不似夏日般烦腻得令人生厌了。秋风吹过，金黄色的波浪缓缓地荡漾开去，一波一波，渐行渐远，最终隐没在田边的花草与树丛里。

　　游人不疾不徐地走过回廊，三三两两地向河边和小亭散去。几个孩童，将风车高高地举过头顶，追逐着跑进树林。只有田野中的稻草人，安安静静地，看尘世欢腾。

　　先生走得极慢，他说他看的不是风景，而是光阴和往事。他说他想起了月色下为稻田蓄水的母亲以及光着脚和小伙伴们在稻田里捉鱼的自己。他说，那样的生活真好，不被光阴追逐，亦不被世俗缠绕。只要秋风一起，便是十里稻香。

　　始终觉得，故乡是我的软肋，亦是我的铠甲。想起来带着笑意，抑或带着忧伤。

　　故乡十月，田野辽远安静。茶菊的香气从花农的篮子里弥漫开来，漫过山峦、街巷、老屋以及屋顶上那缕袅袅娜娜的炊烟。而那扇斑驳的院门，竟惹了些青苔，幽幽暗暗地，满是老旧光阴。门楣上垂落的几根蛛丝，被夕阳一照，便有些亮色，莹莹闪闪，摇摇荡荡。

　　几个老人，坐在小巷两侧的石凳上。有的叼着长长的烟斗，有的咿咿呀呀地哼着古戏。恍惚间，似有戏台，立于青烟之中。那如波的水袖，婉转清美，一抖，便是千年悲喜。也有的老人，只是聚在一起打趣。空洞的牙口里，不时发出爽朗的笑声。那笑声厚重饱满，足可穿越人间百味，岁月山河。一只花猫，蹲在白发老者的身后，偶尔用头蹭蹭老人的背或慵懒地展展腰身。

　　秋日风凉，街道早早地寂静下来。灶膛里的火渐渐暗了，东山的月亮，悄悄升起。

想来，同样的秋天，心事却是各自不同的。

三

步行至城南，东西那条街，我是不喜欢走的。高低错落的铺子，临风扬卷的店面招幌，不绝于耳的各色音乐，道尽繁华。只是于我，却还是稍嫌喧闹，有些浮躁了。

东湖那条路，车与行人不多，极适合慢悠悠地行走，亦能落得清闲。

宝塔下的那片树林，叶子纷落，枝丫间的缝隙比夏日自是大了不少。清晨的阳光，便大片大片地落在地面上。一只秋虫，猛地从阴影处跳出，恰好落在阳光里。小径的叶子，被秋阳晒成了褐色，或平铺，或翻卷，一旦落脚，便会发出清清冽冽的声响，与这秋水长天倒是颇为相宜。

朝阳的树，有些早早地换了颜色，深红或浅黄，十分讨喜。衬着湖光塔影、蓝天白云与几只欢生生的麻雀，竟是满眼秋意了。湖边垂钓的人，大多寻了阳光处落座。许是北方秋凉，人们便一边行钓鱼之趣，一边享负暄之乐了。

四

天朗气清，疏篱内菊花盛放。如有一二好友，撑一张木桌，小院闲坐，聊些闲情与过往，当是一件极美的事吧。

若你不能前来，只要安好，便也是喜悦了。

旧时光阴

想来节令是最不堪留，也最不堪等的吧，尽管爆竹声稀疏零散，但年终究是来了。

冬日天寒，笔墨也慵懒起来。倒非好闲，只是冰天雪地，怕是句子也有些寒冷了。而那些温暖的事，大多隐在时光深处，纵是隔了山水春秋，想起来，却依旧千般的好。

一

故乡的冬天着实冷冽，但年节一到，自是万般不同了。

灶膛里的火整日燃着，锅里正在煎炸着小吃，房中弥漫着香甜的味道。我们大多围拢在灶台旁边，急切地等待那些小吃出锅。等得久了，也会追着母亲问个不停，生怕母亲忙得忘了小吃，也忘了我们。母亲当然晓得我们的心思，做好小吃，凉上稍许，便会将那些品相稍差的拿来分了。而我们也自是找个稳妥的地方急切地享用去了。只是那时岁月艰难，又正当孩童，年食与我们便很难彼此相安了。檐下篮子里的小吃，每天都会比前日少些。一经母亲发现，姐妹几个倒也十分默契，无非是不知或未见之类，母亲也大多只是嗔怒一下，随即了了。而今想来，此番情致，确是有些沉重了。

光阴渐行渐远，寡淡了许多事物，只有那味道，越发荡气回肠。

年节将近，故乡便会一点点红火起来。门楣上的对联、院落里的灯笼、发梢上的蝴蝶结，红彤彤的，想来尽是些温暖。相比邻里，我家对联总会贴得晚些，喜气自然好，只是哥哥顾不得自家罢了。哥哥自小与外公学了几年楷书，年节时候，便成了村里最忙碌的一个。而父亲也总是叮嘱哥哥要先写邻里乡亲的，自家的且不急。那时的我们，也会乖巧地坐在炕上，将乡亲们送来的一卷卷红纸，按哥哥的指点剪裁开、摆放好。等哥哥写好、晾干，我们便将对联卷起，用细绳捆上，再歪歪扭扭地写上邻家的名字。

大概少不更事，那时并未觉得哥哥的字有多好，总以为青春年少，当是长风浩荡，若是写些行草隶篆，该是很俊朗飘逸的吧。可这行书，似是太过规矩和谨慎了些。直到前几年，才倏然觉得那字着实有些味道。无浮躁喧嚣，亦无声势和锋芒，不柔弱，亦不凌厉，像极了这不喜不忧的尘世和内心。而那些字迹与墨香，却全是些人间真意了。

故乡的年，似一坛老窖名酒，色香味俱全，有着难言的好。

二

村口有个小站，那日路过，正是斜阳残照。

小站，其实只是一块站牌，上面写着故乡的名字，那字稳妥贴心，念着就很温暖。

不知何故，即便如今，小站于我，也总是染着些昔年旧景。小站守着光阴，白杨和古槐守着小站，一同等十月秋风和五月花开。母亲曾说，我是极钟情小站的，总是喜欢等在那里，张望着那辆有些老旧的绿色班车转过最后一道山弯，然后有姐姐笑盈盈地走下车来。一直觉得母亲的描述像一幅画，画面上还带了些许的甘香。

稍长，依旧喜欢小站。车来人往，花开雪落，便感觉小站有些禅意了。再绵长的掌故，若是透着安静与清明，令人心浸润而饱满，那也都是禅意了吧？也依旧记得那些往来的人，篮子里装些山菜野蔬，那脆生生的绿，瞬间掩了世间芳菲妖娆，占了人心。想来，能够温润入怀的，终是些细碎家常。

陌上风起，小站依旧淡定而缄默，想必它早已看惯了聚喜离伤，看惯了世人挥手作别时光与情意吧。其实，时光里无非一些悲喜无常，喧嚣沉寂，明月花黄，也都终成风景，只是这小站没有辜负它罢了。

岁月更替，长风浩渺，小站始终简陋，却也始终安适和温暖。许是这小站上有母亲曾经的眺望与笑脸，又大抵人老多情，便越发念念不已了。听说老旧事物，大多在烟火深处，里面也大多住着光阴。若是成了念想，便终究不会荒凉。

那就让我们彼此相安，温暖流年可好？

三

看这光阴快的，令人心惊。明明才春衫初试，转瞬却又风雪满城了，似乎春秋之间也不过一个回眸而已。

曾经甚是喜欢春夏的妖娆。冷冽冬日，想着那些无法安生的生命与心情，便会生出些抵触和拒绝来。如今走过山高水长，看惯成败荣枯，尽管喜恶尚存，确是少了些锐利。从前见了不喜的人，半字不语，如今再不喜，也会笑意相迎。自知无关索求，自然也不觉失了气节，只当世事相逢的一种礼遇吧。

冬如山水泼墨，萧萧中却有一种旷然，素简洁净。只是公园的溜冰场上，多了几分喧闹。前几日才和好友说起儿时闲趣，说起冬日山谷里的那些冰场。山谷之中若是平地还好，稍有陡坡，那冰道顺势而下，确有几分奇险。可我们却偏偏喜欢，喜欢坐在稍平的石块上，伴随着咕噜咕噜的声响，一路颠簸远去。惊呼与笑声在山谷回荡，日子便也就此欢生起来。

看着不远处的女孩提着冰车走近，不觉眼湿。一段光阴，总有千般故事和万般情意真诚而无所顾忌地涌来。只是想到了父亲，想到了父亲那双冻得僵硬而越发粗糙的手以及父亲所看护的那座山，那些树。如今，树在，山在，我在，大地和岁月也在，只是父亲不在。于我，这便不是最好的世界了。

四

这个冬日，时光过得倒也稳妥。尽管言语极少，但闲情颇多。花木打理得葱葱郁郁，尤其好看，内心自是欢喜得很。慵懒的时候，只喜欢倚在沙发上，任阳光暖暖地照着，手脚和妆容都可毫无拘束。一直觉得妆容若是讨好自己便罢，若是为了其他，确有些劳民伤财了，素面清心，便觉得很好。

远处的青砖红瓦，让我忽然想起老屋以及老屋檐下衔泥的早燕。似是看到了屋顶瓦砾间有新草吐着绿。

此间三月，草长莺飞，还远吗？

又到岁末

这光阴，转眼便又是唤今朝为去岁了。

一

二〇二〇年春天，有些清寂。

春日，阳光明亮，山野辽远安静，只是江南的阴郁和苦难，难免揪了人心。那段日子，时常望着远山，絮絮叨叨，说些祈福的话。那些话只是说给自己，说给来日，说给在与不在的每个生命。

整个夏季，也鲜少出门。檐下暑气蒸腾，只是居于山中，倒也还算清凉。曾羡慕极了那些清晨在鸟儿清脆鸣叫中醒来的人，美好而惬意。而这个夏天，便是自己曾经羡慕的模样。

几日未打量，冬日里那些筋骨分明、干净坦荡的清寒老枝，绿意渐浓。又过几日，便是满树繁花了。站在树下，倏地想起江城冬日那一场场离别，瞬间红了眼眸。其实，有些往事，即便愁苦不堪，还是要记得。当然，在记忆中觉醒更好，否则便辜负了这个冬春你、我以及一座城池所历经的苦难。

窗外远山，一派葱茏。间有几处突兀峭壁，无树木草色附着，竟未显得空荡。若是眯起眼来看，它当是画中的三分留白吧。疏处有何物？是山间清泉，抑或峡谷的风？恐怕要看看山之人的喜好与情志了。

房间的几株花木，依旧繁盛，大多日子都是它们与我为伴。便时常沉默地打量彼此，想些相逢与离别的故事以及彼此成全的安宁与美好。阳光从西窗照进来，那株花木，便会在午后灰色的地面上涂抹成画，清冷沉寂。大多时候，我便在一本古书和一杯咖啡里，消磨掉整个黄昏。

秋日，便回到了城北。那些夏日里开得轰轰烈烈的花，渐次零落。就连窗外那些蔷薇,亦未等我归来。只有楼前的爬山虎,还有些微叶子,色泽沉郁,古旧疏朗。被风一吹,清清冽冽,全无夏日攀附之态。若是细品,竟有些筋骨、傲气隐约在秋日萧瑟的光影里。

自忖多日未至桥头,前几日路过,在那里站了许久。

冬日一来,天边的云,越发高远疏荡了。湖面尚未全部结冰,间有一块块水面被薄冰围拢着。快日落的时候,微黄的阳光斜斜地照在水面上。几只野鸭怡然地游来荡去,那流动的光泽便从冰面下涌来,一直涌到桥边,涌进岸草。桥头,顿时生出几分安宁和野趣。

街上,戴口罩的人多了起来。冬日寥落,总想多些欢腾温暖光阴。如此一来,街衢巷陌恐怕又要冷清了。而我与先生,大抵也要过上一段他不舍昼夜,我亦不问归期的日子了。迎面一老者,步履蹒跚,不时用手按着口罩缝隙,缓慢而笨拙。终究善怀,总觉得那双粗糙的手万般慈悲,起落间亦颇具意味,诸如对往事、记忆以及生命的尊重。

远方,有我们未曾见过的山和海。愿山河无恙,诸君平安。

二

大抵是生性清冷,抑或是道德和灵魂洁癖,友人极少。而今留下的,定是经得住推敲、打量与托付深情的。看她走出电梯,竟未相迎,却快乐得像个孩子,转身在楼道里奔跑。我和她的目光里,一直有曾经的日影、月光,夜雨和老茶。曾经几场风霜,她依旧微笑着在老地方等我。

自知有些固执,甚至固执得令人不知所措。不喜之人或事,始终缄默不语、拒之门外,只图落得清净。从未觉得说话是一件无关痛痒的事,那些张扬霸气、肆无忌惮、处心积虑都是会伤人的,远远地便好。况且人情世故,恐怕一半都在说话里,若非讨喜讨巧之人,少些言语当是再合适不过了。

秋日所遇旧友,是一个极具个性的女子。当初在众人面前道破温水煮蛙，便决绝转身，奔着坦荡与向往去了。不晓得她日后的通达与磨难，只是极其赞佩她的果敢。其实，一直都觉得所谓戾气，尽管残暴，更容易让人觉醒和回击。倒是温水以及其中枝枝蔓蔓的东西，时常扰了心绪，苦不可言。

想来，那座桥应该是懂我的，懂我沉重脚步背后的焦虑不安与苟且艰难。

有些人，一起走过很长岁月，终究只是相熟。无妨，光阴里那些故事，我讲得语不成句，你听到泣不成声。此情，一人足矣。

三

很喜欢书柜里的摆件，一个迎风行走的少年。他双手插着口袋，长发被风吹起。始终执拗地以为，他是走在回家的路上。

眉目清秀的年华，青衫布履。冬天的风也是这样大，带着松树和大地的味道从面颊划过，吹起头发，甚至吹起衣角。我和小伙伴迈着大步，将八里长的路一点点地抛给暮色和星辰。

此时，母亲大多会在灶台旁忙着晚饭，待我进门，便会说："来，烤烤手，暖和暖和。"我便拉个板凳儿坐下来。灶膛里火苗蹿动，噼噼啪啪的木柴声响着，母亲的脸被火映着，红红的，生动而温暖。现在想来，这般寻常日子当是一段独一无二的好时光了，红通通的灶膛、热乎乎的饭菜和千般疼爱我的母亲都在。而今，却再也寻不来。

光阴真是怪得很，有时让你温暖如帛，有时却又痛如刀割。倏然地想起母亲，天真地以为当我读懂母亲时，她的脸上亦未见岁月无情。只是，只是我尚未懂得，母亲却已不在。

时常戴上耳机，听几曲音乐，倒不是为怡养性子，只是想在里面寻些回不去的时光与情味。故乡的柴门小巷、老屋惹了绿苔的铜锁、母亲衣襟上的那朵花以及小时候听过的故事和穿过疏朗篱笆的徐徐清风，都会从音乐里流淌出来，舒缓妥帖，让人身心俱安。那辆载着家姊的绿色老旧班车，竟也会随着音乐慢慢转过山弯。渐而，我看到街头斑驳的影壁、风中的自己和张望着远方的欢喜。

天空一直都在，只是云，来了又去。光阴颇似云朵，来来去去的，阻不得，也留不得。好在有些旧事被我藏得好好的。

冬日寂寂，寒意愈盛，正宜旧事佐酒。

四

似乎未见秋雨，冬日便来了。

直觉得春日浩荡，而秋，都是悄无声息地来。当山色和田野退去浓妆，天地顿时寥廓起来。人说夏宜茶烟轻细，冬来围炉煮汤。想必对旧日有所念及，我倒觉得冬日负暄是清寂光阴里最美的事情。

故乡校园那面石头土墙，间有泥土脱落，墙面斑驳古旧，隐隐透出些久远的光阴。儿时冬日，小伙伴们常常靠着墙，叽叽喳喳地晒着太阳。墙是金色的，脸是金色的，就连尘埃也着了金色，在眼前欢生生地跳跃……

再后来，那面墙越来越矮，墙根儿长满青苔，石头缝隙间荒草摇曳。曾经阳光照的最多的地方，空空荡荡。忽地，鼻子一酸……

初似饮醇醪，又如蛰者苏。白居易晒太阳，诗意纵横，旷然忘我。其实负暄所得，无论暖身、暖心抑或暖生活，若是心之所向，便都无不可了。

落地窗通透明亮，慵懒地倚在沙发里，捧一卷书或一杯咖啡，阳光把影子清晰地涂抹在地上。一会儿工夫，周身便暖暖的，渐而两眼昏昏，竟是一半儿微开一半儿盹了。索性放了书，微闭起眼睛，过往便都成了温暖的光阴和故事。

我更喜欢去古村落，看三三两两的老人聚在一起晒太阳。总觉得那里有故事，有老旧光阴，有浮生半日的闲情。城墙根儿、院墙根儿、门垛墩、稻草垛都是晒太阳的好地方。老人们穿着宽宽大大的棉衣，身边斜放一支竹杖或手里握一杆旱烟，哼着小曲，或邻近耳语，都透着万般自在。亦有人喜欢独自寻个不起眼儿的地方，微闭着眼睛打盹。卧在脚边的花狗，慵慵懒懒地抬起头，用嘴巴蹭蹭老人的腿，便又趴下了。老人依旧眯着眼。许是曾经走过的路，踏过的桥，路边的风景以及桥上的霜，都不动声色地铺陈开来……许久，起身，长长地舒一口气，拖着影子，缓缓地转过街角。

负暄，可旷然忘所在，亦可悠然得所想。择日，约两三好友负暄，兼想山河、故人。

五

在文字里与光阴和往事握别。

六

来日可期。

第四辑

天涯孤旅

一个人的江南

江南韵致，当是闲适中带一点寂寞。如此，一个人的江南，最是相得益彰。

江南的空灵与柔美，极不适合心高气傲。不带奢华、不施铅粉，静静地走来，便好。

江南的小巷纤细、雅致、静谧。幽暗的青石小径，似是沉淀了水乡的沧海桑田，内敛着一种古来的落寞。舒缓的脚步，轻叩着那段不朽的诗文，巷子的那端，便袅袅婷婷地走来那个撑着油纸花伞，丁香一样的女孩。一袭淡紫的旗袍，一抹清逸的眼神，衬着朱窗湿青，恍若置身墨染，便真真的不肯醒来了。

小巷两边的围墙，间或几处挂了青苔，这墙便蕴厚而深邃了。轻轻地触碰，便也极其懊悔，怕是惊扰了千年的旧梦。那间隔而现的朱漆大门，斑驳着一段古老的岁月，上面悬挂的铜制扣环，闪着幽暗的光，似是诉说着亘古的轮回、荣耀与沧桑。

走出小巷，回眸时，只见粉墙黛瓦，错落有致，越发衬了江南的古朴和清幽。凝神间，忽然断想出一个临窗叹息的女子，望穿一帘雨、一江春和一树秋色，凄艳的眼神刺破千年的寂寞，流淌在雨巷，流淌在江南。

一个人的江南，我更喜欢落座于临水亭台。

斜倚藤椅，看尽江南的迷离。脚下的流水，清可见底，几尾闲鱼怡然往来。藤桌上那盏玲珑细腻的青花瓷碗，此中便成了江南的背景，优雅、别致。茶乃清绝之物，极似这江南的清韵，品来，当是别有一番风味。河岸的垂柳轻点水面，偶有涟漪，点点晕散开来，将我也围在了其中。间或一两个着着蓝色碎花布衣，头裹蓝色方巾的女子，轻轻地摇着乌篷小船，吱吱扭扭地穿过一个又一个桥洞。随之，江南二十四桥，以及二十四桥头的明月，依着诗词的韵脚，婉约而来。便也蓦然地想到那一弯绣帘银钩、那一弯盈盈眉眼，穿越江南烟雨，与我擦肩、错过。江南的美似是隐约着忧伤，更适合路过吧。

周围有一茶楼，一长衫老者，手执墨扇，说尽六朝风烟。那一段段历史陈迹，如壶中的碧螺春茶，舒展、翻卷，而后沉落在泛黄的文字里，孤单而寥落。

暮春三月，江南草长，杂花生树，群莺乱飞，此乃江南的明丽。或许是性情，我更喜欢江南的烟雨，碧瓦、烟昏、柳岸、红绡、香润、梅天。江南的雨，如江南的女子般，柔，却不做作。落于水面，淡淡的涟漪，似夕阳下老人的微笑，瞬间静了神、静了心。雨巷里偶尔飘来的琴声，低回婉转，不经意间便会红了眼眸，或许想到了母亲灶台前的那张脸，也或许想到了离家时良人的肩。不打紧，走进小巷，走进含蓄与安详、清和与冲淡，灵魂中的一切便会沉静下来。

江南是一捻时光，别有味道。

一个人的江南，雕栏曲处，独倚斜阳。

小语丽江

丽江，一个能让生命轻装起舞的地方。

脚步中的漂泊落于古镇的街头，曾经沉重的音韵融化在小桥的雅致与流水的清净里。衣着上的征尘渐次地飘散，和着幽幽的青苔水车，将劳顿与叹息旋转成一首舒缓的长歌。

古镇的屋宇空灵俊秀，如一幅淡墨的画卷悬于小桥流水的背景里。脚步轻叩着青石小径，每方古朴典雅的五花石，明镜般折射着久远的光阴。清丽寥淡的流水里，几尾闲鱼载着日光的影子将纷杂与伧俗摇曳出尘世。醉于安逸宁静，至灵魂变清，奢华变淡。

那些临渠的小巷，游弋着丽江的温柔。随街绕城，穿墙过宇的流水，玉带般舞动着小城的清幽。旅途的疲惫、大漠的风烟、茫然的心绪，于四方街的清澈里杳然而去。山城的棱角屈服于水的柔骨，如你我一般，尖锐之性顿消于如此的一份安谧里。

巷畔水边，杨柳依依。亭台桥侧那闲闲绽放的野花野草，朱门石阶前那悠悠而往的背影前身；还有那东风里的一城春水一城花，日落中的半街灯火半街霞，无不挽留着游子的脚步，那一份铅华落尽的素然，那一份摒弃锐利的柔软，都如此轻而易举地幻化成一种忧伤里的遥想。

如诗画般的古镇，让我们邂逅了陶潜意念里的庄园。石桥与河水，绿树与古巷，成就了高原丽江江南般灵秀的意韵。

流连于四方街，举目雪山，或霞冠罩顶携落日，或云带束腰舞清风，遥遥一望，遐思顿然澄澈。长满绿苔的水车，怡然地旋转着百年前的市井繁华，古树上悬挂的风铃，隐约着茶马古道上那遥远而神秘的余韵。骤然，利禄功名间的躁动出奇的宁静。娴雅于古藤桌前，用千年积雪之水，冲一杯普洱，品一段传奇；读几行东巴文字，听一曲纳西古乐，将一份傲慢融于典雅的锅庄，将一缕清愁渗入古朴的染布，灵魂或深沉凝练，或轻舞飞扬。

河岸的灯火次第而起，水中的灯花徐徐而来。丽江的晚山便相对无语，聆听着夜的吟唱。光影交接，歌乐相连之处，却依然让人感觉着那样一份梦幻般的忧郁与纯粹。无论你怎样的迷醉，却终究不会听到似秦淮河一样的桨声。秦淮河流淌着浓郁的胭脂，似那般躯体的色泽；而丽江流淌着至醇的散淡，似那样一种灵魂的质地。

无论是纳西概念，抑或一米阳光，均能把酒喝成一种情调。如果你看穿了光阴，并敢于豪掷生命，那不妨喝一杯醉生梦死，远离红尘俗世，做一个看不到边际的茫茫大梦；如果你不屑于宿命，并勇于潇洒转身，那不妨喝一杯风花雪月，摆脱繁文缛节，去邂逅一场空前绝后的离奇浪漫；如果你崇尚着唯一，且不惜以命相许，那不妨喝一杯地久天长，演绎悱恻缠绵，来续写真情相传的千古绝唱。

丽江，一个隔世离空的梦想天堂。或醉于它的梨涡浅笑，或醒于它的清冷风骨，灵魂的江湖定是不染尘烟。

与君对酒，吟弄风月，端不负平生。然，无尽今来古往，多少春花秋月，与其将酒喝成一种情调，不如将其喝成一种情怀，才不失为灵魂穿越过丽江的大地。

秀其外，绝无奢华；慧其中，内蕴悠远。对饮此等情怀，君意下如何？

印象桂林

桂林，古来清丽。无折戟沉沙的浩汤烽烟，亦无繁华落尽的空旷寂寥，它只是一卷遗落在人间的诗画。

从北方连绵浩渺、一望无际的山峦中辗转而来，无须触碰历史的门楣，只看那一川山水风月。

桂林的山，少有巍峨壮美或起伏绵延，而是孤峰如林，随城环布。似二八年华的女子，或清丽小巧，或妩媚妖娆，前后相叠之时，便错落出一抹浓淡相宜的韵致，似水墨画卷铺陈于天地之间。

山，大多是有历史的。洪荒万古中风霜雪雨的剥蚀与雕琢，被绿色覆盖，留下一段永远光洁如玉的青春。而那风雨，穿过唐宋和明清，定是看惯了刀光剑影、见证了岁月荣枯，方才令山如此般深沉、静默！

桂林山奇，奇在千岩万象。似玉笋冲天、青葱入云；似书生吟月、玉女梳妆。也或许它只是一座山，不过是我们的内心装有太多的纷杂或伧俗罢了。如若清澈地望去，山依然是山，庄严地镌刻岁月，笑纳世间浮尘。

若无一水抱城，桂林会多一分沉默和寂寥。

漓江于我，曾是一帧水墨，悬挂在我的遥想里。而那一段浩瀚的时空，早已风干了山水和想象，当一切苍白，凝眸时，它定是惜字如金。

当我走来，漓江静谧地于那里等待，等待那份流水岁月里如初的虔诚与遥望。

万物大多不负钟情，漓江亦是如此。当碧空如洗，平波上峰峦垂悬，岩影波光，交相辉映；当晨岚如纱，奇峰间云雾缭绕，度野拂林，迷柳暗花。若是细雨如丝，山水处便飞烟缥缈，轻锁淡笼，罩树连云了。当然，漓江是不乏磅礴与大气的，看群峰林立、碧水中流，草木浮光、江湖落影，此中风情，当是丹青无限画难成吧。

漓江似一条青罗带，蜿蜒于万点奇峰之间。临岸群峰倒映，青山浮水，置虚实之境，如梦似幻。江边蓊郁的凤尾间，村舍隐约可见，一派的悠然恬淡。浅滩上的孩童，赤脚而行或倒骑牛背，黝黑的皮肤，甜美的笑，或许转眼便入了水，飞溅的水花，如日子抑或心情，激越并快乐。那些挑着鱼鹰的渔夫，淡然地行走或停留。风景在红尘，他们却在世外，似乎从来无关王侯与城堡，只是坐观风云，看清水慢流细穿，安静地送别光阴，以及光阴中的过客。

浅滩上的鹅卵石怕是沉然了许久，置于水，棱角无存；置于岸，遍布风痕。但我却越发地喜欢，喜欢它以圆润见证磨砺与光阴。如水般流淌的年华，钝磨棱角。那些曾经锐利的是非、好恶，渐渐地逝去，触摸时，顿感一份柔软的刚毅，且微笑地看着流水带走光阴的故事，灵性便也在其中了。

漓江两岸，韵味多少有些清冷。无人的野渡、轻荡的横舟、依约的山歌，掩了世俗的繁华与浓酽。倒合我意，那些失落的功名或人间梗芥当不在此中。

银子岩，一个镌刻岁月和沧桑的地方。雪山飞瀑的壮美，广寒深宫的清寂，无一处不是浓缩了光阴的影子。有庙堂之险，有田园之乐；有泱泱沧海，也有漠漠桑田。那一片凌厉马蹄、那一夜剑戟相接、那一缕袅袅炊烟、那一声悠扬牧笛，隐于时间的遗迹，安然静默，遗世独立。我断不敢触碰，不敢触碰这千万年的光阴，生怕征尘与浊世污了它的皓洁。

伫立于万载光阴前，微薄而渺小；遥想风云变幻时，悲凉而寂寥。那一种疏离的冷艳，足以令我将世界遗忘。

阳朔，阳朔西街，阳朔西街的夜晚，那一种道不出的风情。一条青石小街，旁有白墙黛瓦，古朴而清丽。当夜色降临，小街便是喧杂和迷离的，那些人群，以及那些灯火。此处的灵魂当不是轻装起舞，只是自我短暂的搁置与放逐。此间，可以不谈理想，可以豪掷光阴，可以让灵魂终止流浪，可以遗忘或者被遗忘。那一曲悠扬的笛声尚未流淌过下一座飞檐，便悄然地淹没于觥筹的碰撞里。饮却一盏豪情，之后便沉醉于凡尘俗事之外。

小街的青石散发出幽暗的光,虽无青苔碧藓,却是内敛了绵长的光阴和岁月。安静地聆听脚步,聆听着那份沉重或者轻盈,将四方的微尘拥入怀,那色泽里便多了一份豁达、广袤和深邃。偶有小店,门前悬挂着景泰蓝图腾的布染、人工刺绣的荷包,瞬间透出几分辽远的古朴和神秘,与小街或亭台映衬,少有的相得益彰。

不知为何,总感觉桂林人当有陶潜情志,当有柳侯风骨,或许仅仅因为历史缝隙间那一闪而过的青衫吧。桂林人多少是有些淡定和从容的。渡口处,一双黝黑的手,风雨里撑渡过往繁华。脸上始终是那般微笑,不多,也不少;无卑微,也无炫耀。恰到好处,恬淡温馨。

桂林桥头风光秀丽,流连中,忘记了载我来的原乡人。回头,却见他依旧的笑容与从容,于晨晖中远远地站立、等待。那一幕,优雅而质感。想来浪迹红尘角落,此景永难释怀。

途中挥别两位友人,身影隐没,心思和往事蓦然清晰。岁月更迭里的美丽或者忧伤,于手指间渐次滑落,似是遗落在风中,却又那般触手可及。

如若脚步前行,想那过往一切,定会于下一个拐角处相遇。

草原印象

盛夏，凌晨六点，远处是金色的朝阳，亦如我对草原的想象，瑰丽而壮美。

最初的草原，便是草原英雄小姐妹里的辽阔与空旷，风景仅是如此。唯有一望无际中那对娇小的身影，穿过羊群与岁月的风雪，渐入我的灵魂，牢牢地伫立成一座丰碑。

对旅游，始终有些倦怠和慵懒。不太喜欢车子飞驰的感觉，再优美的风景也转瞬即逝，倒让人生出些许感慨：世间万物，不过倏然而已。

却有一段路途，很美。丘陵平缓，绿草茵茵。起伏也是一种风景，如人生或者说如季节，有坦途、坎坷，有阴雨、晴空，倒也厚重。让车子减慢速度，遥望那碧色在起伏间绵延，感觉着土地细腻的质感，期待着目光下一个落点将是怎样的风景。忽然地笑了，人生无非如此：总是想象着前面会别有风情，便充满希望地走下去。

世间当是没有完美的事物，风景亦是如此吧。那一间间泥土房屋就坐落在如画的风景之中，那样的一种色泽和残缺，凌乱而破败。望一眼，觉得有些刺痛和不堪。追求完美的本能，留给我一声唏嘘。若是如绵的碧草间，红墙碧瓦，或黛脊灰檐，相得益彰之下，视觉灵魂两相悦，多美！

视野渐行渐开阔，成群的牛羊，轻挑开草原的帘栊。霎时，四野与长空相接，浓绿与云天相照，间或星星点点的穹庐，衍生一派悠然景致。无垠的碧色，依舒缓的起伏流动，远远地，远远地，流到天边云际。偶尔有大片黄花、曲折河流点缀其中，美便丰饶了。似一方泼墨的色阶，无须勾勒渲染，韵致天成。

白色风车，童话般地伫立在远方。忽然想到堂吉诃德，想到那匹瘦弱的老马，想到这一切是否从这里走过……不，只有风，在断裂的疼痛里，留下一段历史。

若是喜欢摄影，这样的风景定是勾魂摄魄的吧？那飞驰的车子里，也定是载着不舍和无奈的纠结，一路远去。

草原的朋友，早早等在前方。那黝黑的面庞，华丽的盛装，与这广袤的碧野交相辉映。踏进蒙古包，浓郁的民族风情扑面而来，顶部精巧绚丽的彩色纹饰、墙壁上的弯弓利箭、桌上的奶茶奶点，令我们环顾惊奇了许久。

草原空气凉爽，太阳却依旧火热。我和几位怕晒的朋友，安坐在蒙古包里，悠扬的马头琴声此起彼伏，穿过风、穿过云，渐渐远去。摔跤手矫健的身姿在人群的缝隙间回闪。而我，更喜欢摔跤手的服饰，皮坎肩上的铜制泡钉，以及龙、鸟、怪兽、花蔓等精美图案，古朴而庄重。似乎其中的每一色泽与纹理都渗透着一段历史，一段遥远的风云或者一段鲜活的日子。

喜欢摄影的和爱好摔跤的人，端坐在如火的骄阳里，鼓掌、呐喊。之后便是那张因暴晒而涨红的脸和一怀的烟尘。快乐当是存在相机中了，看那久久地端看被定格风情的眼神，当是如此了。

酒席，当是蒙古人豪爽与热情最好的见证。高歌和豪饮让我们无法拒绝，也不能拒绝。蒙古人对酒，应是融入了一种尊重，他们的心意在酒，醉意也在酒。当然，若是懂得民俗，也并非非饮不可，但只要沾杯，大多是一喝到底了。

街上的灯火次第亮起，我们由东至西步行至忽必烈广场。很喜欢入口处地砖的色泽，凝重之感，似是遗留了历史的苍凉。广场很大，塑胶运动场、足球场、篮球场、网球场、排球场、羽毛球场一应俱全。广场中心是一座见方的古式城，城池内是一个下沉广场，其中央高台上，耸立着忽必烈的铜铸雕像，目光炯炯，凛然驭马，驰骋飞奔。仰视间，似闻弯弓乍响，利箭穿云。城墙内侧，镶嵌着汉白玉浮雕，记载着元朝历史、文化、军事，以及商贸。

其实，历史的真正价值，并非为后来者护驾，而是为同行者起航。谁又能说弯弓射大雕的时代不是辉煌和令人敬仰的呢？历史当永远被尊重。

广场两边的灯，大多是金莲花形。透过朦胧，似是看到沉睡的元上都鲜活的光影：驰骋的骏马、彪悍的牧民、轻飘的衣襟和帽带以及蒙古包外那一串串风干的牛肉。驻足而立，似是有奶茶抑或奶酒的味道从鼻尖流过，缓缓地远去。那声悠扬的马头琴，萦回在朝阳和日落里。

风景随处有，只看我们是否有欣赏的情怀。归来的路上，倒是有几处颇好的景致，那遍野的黄花，一望无垠，便只想到浩瀚这个词，再无其他。还有几处丘陵，浅草绿树，高低有致，错落成一种风情，和瑞士风光颇有那么一点相似。

珍惜总是好的，人生就是路过，路过风景、路过情缘，只是那么一段，拥有时用心便好。如同我们的正蓝旗之行，那朵白云、那缕微风、那捧日光，若错过，便不会再有。

夜晚，坐在阳台，内心依然有些余韵在颤动。静静地聆听，窗外似有微风。是的，那是碾过历史的风声。

跋

对于创作，我始终怀有敬畏和惭愧之心。敬畏创作之中蕴含的渊博知识和坚韧毅力；惭愧自己天性愚钝和懒惰，终究都只在遥望里。

我天性好静，不喜纷扰、繁杂，但人生中又有许多避之不及的无奈。困顿之中，每每回到故乡或临于文字，眼前清风朗月、小桥流水，心中的喧嚣扰攘便渐渐地散去。我常常感怀：故乡和文字如同一座小筑或别苑，只不过一座在红尘之中，一个在俗世之外。它们安放我的肉体、灵魂，以及流年光阴。

追求完美和喜欢美好的事物是人的本能，我亦如此，尤其对文字。总觉得一切文字，都应该有着很美的遣词造句，让人像是看到一幅画或者一个极其生动的场面，优雅、温暖，或者美丽。有一天忽然发现，只有故乡的人与山水能美得惊心动魄，美得无须推敲，美得洋洋洒洒。

本文中的大多文字，无非是我从故乡出发，然后又回归故乡的足迹。字里行间都是在讲述某一个人的故事，又似乎在书写一个村庄的故事，更或者说只是在倾诉乡村生活曾经的清贫、隐忍、美丽和快乐。每一个文字、每一个段落都浸染着故土的气息，读来如临田野，犹见故人心。

一直都觉得自己的文字是对自我心性和心魂的窥看，然后写出来，给自己看，而不是为了其他。忽一日，发觉所写文字渐渐模糊，唯两字清晰可见——情怀！

我有故乡情结，是那种千回百转、深不见底的情结。然而，生命的追逐与时代变迁，偶尔回眸，故乡已远。而我对故乡的爱与敬畏依然在，且历久弥坚。于是，我选择文字，因为只有我的笔能感知我的虔诚，只有我的笔能将遗失的找回，将陈旧的翻新。

  至此，忽又汗颜。想来情怀确是有大小之分，我自是后者，甚或不及后者。《流年情深》至"妫川文集"，篇章推敲，结集运作，无不凝聚着如乔雨主任、周诠主席等大情怀之人的心血……心潮起伏，临屏良久，未置一言。忽然记起陈超老师曾有诗句，"茫茫天宇领头雁，浩浩江河摆渡人"，借此句向诸位致敬！

  以文字，向故乡和光阴致敬！

浅黛
2021年12月于故乡